テオクリトス

牧　歌

西洋古典叢書

凡　例

一、本書はテオクリトスの名のもとに伝わる詩集『エイデュリア』と「エピグラム」の訳出である。ただし、判読不能の小断片と謎歌はのぞいてある。底本はガウの校訂本（Gow, A.S.F., *Bucolici Graeci*, Oxford 1952）だが、他の読みを用いた箇所もある。とくに写本の状態が断片的な部分であり、註でその旨を記した。

二、行数は漢数字で示す。ただし日本語表現の性格ゆえに、各行の訳文の内容は原文の行にかならずしも一致しない。

三、ギリシア語の表記は次のことを原則とした。

(1) φ, θ, χ と π, τ, κ を区別しない。

(2) 固有名詞の音引きはしないが、少数の例外をもうける（ムーサ、パーンなど）。

四、ギリシア語の固有名詞は、ドリス方言が用いられている場合、原語にしたがったものがある。たとえば月の女神セレネがセラナとなる。なお、巻末に「固有名詞索引」を付した。

五、各歌の題名は諸写本で伝えられたものを訳出したが、小見出しなど訳者がつけたものもある。また各歌の冒頭の註に、作品の概要を記した。

目次

テオクリトス

牧歌

古澤ゆう子 訳

エイデュリア

第一歌　テュルシス[1]

テュルシス

甘くささやく松の木は、あそこの泉のほとり。
山羊飼よ、君の葦笛[2]も甘くひびく。
君ならパーン[3]の次に賞をもらえるだろう。
パーンが角生えた牡山羊をもらうなら、君には牝山羊。
神が牝山羊の賞を受けるなら、君には仔山羊だが、
乳をしぼる前の仔山羊の肉はうまい。

山羊飼

羊飼よ、君の歌は、あそこの岩の高みから
流れ落ちる水音よりも甘い。

（1）牧人詩人。歴史上の人物と同定はできないが、テオクリトスが実在の牧人詩人を理想化して登場させたと思われる。第一歌ではテュルシスが、もう一人のこれも楽を好む牧人に乞われてダプニス（一九行註参照）の歌を聴かせ、お礼に器と乳を贈られる。

（2）葦（シュリンクス）はもとニンフで、パーンに愛され追いかけられたが、拒否して葦に変身。この葦の茎からパーンが笛をつくったと伝えられる。

（3）牧神。牧人の守護神。山羊足で角を生やしている。葦笛の発明者なので、最優勝賞を得るのは当然。

ムーサイ[4]に羊が贈られるなら
君は仔羊を賞にもらう。ムーサイが
仔羊を好むなら、君は羊を連れてゆく。

テュルシス

山羊飼よ、ニンフたち[5]にかけて、お願いだ。
あの岡のギョリュウ[6]の茂みに座って笛を聞かせてくれないかい。
そのあいだ、君の羊のめんどうはぼくがみる。

山羊飼

羊飼よ、まっぴるま笛をならすのは
ぼくたちのきまりにそむく。
この時間、狩りにつかれて休んでおられるパーン[7]がこわい。
荒い神で、いつも鼻のあたりにものすごい怒気がただよっている。
けれどもテュルシス、君はダプニス[8]の苦しみをうたうじゃないか。
それに牧人の歌のうまさでは達人だ。
ここの楡の木陰、プリアポス[9]の像の前、

（4）ムーサの複数形。詩や音楽の女神。

（5）ニンフたちは、テオクリトスの作品において、ムーサイを意味することが多い。

（6）御柳。タマリスク。細い葉をもつ落葉樹。

（7）牧神は日のさかりに午睡をとる。笛でじゃましてはならないが歌声ならかまわないようだ。

（8）伝説の牧人詩人。恋の苦しみのため死に至った牛飼とされる。第七歌の「リュキダスの歌」（七三行以下）および第二十七歌や「エピグラム」にも登場する。

（9）豊穣多産神。家畜の繁殖を願う牧人から崇拝される。

泉に向かって座ろう。まさに牧人たちの座り場で
樫の木も生えている。もし君があのとき、
リビュアから来たクロミス(1)と競い合ってうたったように
うたってくれるなら、双仔の母山羊の乳を三回しぼらせてやる。
そのうえ甘い蜜蠟をぬった深い器(2)をやろう。
柄が両側についている新しいもので、まだ削りたての匂いがする。
上はキヅタがぐるりとふちどっている。
黄金色の花に飾られたキヅタ。
葉の陰につるがのび、サフラン色の花房がのぞいている。
なかには女の姿が神々の技のように描いてある。
衣と頭飾りで雅《みやび》に装って。
そばにはきれいな髪の男が二人、たがいに罵り合っている。
しかし女の心は少しも動かない。
あるときはこちらに微笑んで誘いかけ
あるときはまたあちらに心を向ける。
男たちは恋のおかげで眼をはらし、
もうずいぶん悩んでいるが無駄なこと。

三〇

(1) ホメロスの叙事詩やピンダロスの勝者讃歌に登場する人名だが、ここでは既知の歴史上の人物と同定不能。
(2) 桶や杯のように液体を入れる木製の器。この器の内側に彫られているのは、底に漁師、胴体の片側に女と二人の男、もう一方に男の子と二匹の狐、上部の縁にキヅタ。

それから老いた漁師が描かれている。
老人はぎざぎざした崖の上で大きな網を投げようとする。
全身の力をこめ漁に熱中する
力強い姿が見える。
首のまわりの筋がみな盛りあがり
髪は灰色でも、力は若者におとらない。
潮焼けした老人から少し離れたところには
熟した実のみごとに垂れるブドウ園。
小さな男の子が石垣に座って見張りをしているが
まわりに二匹の狐がいる。
一匹はブドウの間の小道をぬって食べ頃の実をおそう。
もう一匹は少年の弁当袋をねらってあらゆる策をとり
朝食のパンの上に座り込むまであきらめない。
ところが少年はツルボラン(3)と藺草を組みあわせ
みごとな虫籠(4)を編んでいて、
弁当袋もブドウも忘れて編み細工を楽しんでいる。
しなやかなアカントス飾り(5)が、この器(6)のいたるところにめぐらされ、

(3) ユリ科の植物。ギリシア語でアスポデロス。不凋花とも訳される。
(4) 虫を入れる籠か、イナゴ罠。
(5) アザミ属の植物アカントスの葉模様。この器の外側に、器の底から大きな葉が放射状に這い上がるように、もしくは唐草模様風に彫られていたと推測される。
(6) つまり二六行で言及され、その描写がつづいている器。

きれいで君の心をうつだろう。山羊飼の目にもすばらしい品物だ。
カリュドン(1)からきた船乗りに、山羊と
真っ白な山羊乳の大きなチーズのかたまりも価《あたい》に支払った。
唇はまだ触れていない。使わずにおいていた。
これを君にあげて、ぜひ喜んでもらいたい。
君がほくの聞きたいあの歌をうたってくれるなら。
からかっているわけではない。さあうたってくれよ。
黄泉の国に行くまで聞かせずしまっておく気じゃないだろう。

テュルシス

はじめてください、親しいムーサイ、牧人の歌をはじめてください(2)。
これなるテュルシスはエトナ(3)の生まれ、テュルシスの声は甘い。
ニンフたちよ、ダプニスの命が消えていったとき、どこにいたのですか(4)。
ペネイオス川の流れる美しいテンペ(5)かピンドス(6)にいたのですか。
アナポス(7)の堂々たる流れのほとりにはいなかった。
エトナの高みにもアキス(8)の清らかな水のほとりにも。

(1) アイトリアのパトラス湾の海岸町。
(2) テュルシスの歌には三種のリフレインがある。九四行から二つ目、一二七行から三つ目がはじまる。歌のはじめとまん中と終わりという三部分を示しているのだろう。歌の文章はリフレインを越えてつながっている。
(3) シチリア島のエトナ山域。
(4) つまり、ムーサイがいればダプニスの命が救えたかもしれないのに、との意。
(5) ギリシア本土東岸のオリュンポス山とオデッサの間の渓谷。
(6) ギリシア本土北部のテッサリアから南へ延びる山塊。
(7) シチリア島シュラクサイ近くで海にそそぐ川。
(8) エトナ山から流れ出す川。海のニンフのガラテイアの恋人アキスは、嫉妬した一眼巨人ポ

はじめてください、親しいムーサイ、牧人の歌をはじめてください。
ジャッカルも狼も吠えていた、
獅子でさえ茂みのなかから死にゆくダプニスを、悼んでないた。
はじめてください、親しいムーサイ、牧人の歌をはじめてください。
彼の足元にたくさんの牛が、たくさんの牡牛と
たくさんの仔牛と若い牝牛が嘆きの声をひびかせていた。
はじめてください、親しいムーサイ、牧人の歌をはじめてください。
はじめにヘルメス(9)が山からやってきて言った。
「ダプニスよ、だれがおまえを苦しめるのだ。だれに恋をしているのだ」。
はじめてください、親しいムーサイ、牧人の歌をはじめてください。

リュペモスに殺され、川に変わったと伝えられる。第六歌、第十一歌、およびオウィディウス『変身物語』第十三巻八八六行参照。

(9) ヘルメスはダプニスの父とされる。ヘルメスにはダプニスの苦しみの原因が恋だとわかっていた。

牛飼も羊飼も山羊飼もやってきた。
みなが彼に、なにが悩みかと聞いた。
プリアポス(1)も来て言った。「あわれなダプニス
なぜ悲しんでいるのか。あの女の子は森や泉をめぐって

はじめてください、親しいムーサイ、牧人の歌をはじめてください。

おまえを探しているじゃないか。おまえはあまり恋にこだわって(2)
どうしていいかわからないのだ。
牛飼と呼ばれていたけど、いまでは山羊飼のよう。
山羊飼はめえめえ啼く山羊がつがうのを見て、自分が山羊になれないから
　と眼に涙。

はじめてください、親しいムーサイ、牧人の歌をはじめてください。

そして乙女たちが笑うのを見て
いっしょに踊れないからと眼に涙」。

(1) 二一行参照。プリアポスをヘルメスの子とする伝説がある。そうだとすれば、ダプニスの兄弟。

(2) ダプニスの恋する少女の振る舞いが、一息おいてリフレインのあとに、聞き手にとって意外な事実として明らかになる。すなわちダプニスの悩みは片恋のせいではなく、愛し返されても苦しみがやわらぐことがない。解説参照。

これに対して、牛飼のダプニスは一言も応えず
鋭いエロス[3]の痛みを死に到るまで負っていった。
はじめてください、牧人の歌をもう一度、はじめてください、ムーサイよ。

そこに甘いほほえみの女神キュプリス[4]がやってきた。
密かに微笑みながら、おもてには怒りをみせて言った。
「ダプニス、おまえはエロスを組み伏せてやると自慢した。
でも自分がやっかいなエロスに組み伏せられているじゃない」。
はじめてください、牧人の歌をもう一度、はじめてください、ムーサイよ。

そこでダプニスは女神に向かって言った。「残酷なキュプリスよ、
意地悪なキュプリスよ、死すべき人間のきらわれもの。
私には日の光がもうすべて沈んでしまったと思うのか。
ダプニスは黄泉の国でもエロスの悪しき悩みとなろう。

(3) エロスはアプロディテの息子とされることもあるが、ヘシオドスの『神統記』では原初からの存在で強力な神。

(4) 美と愛の女神アプロディテのこと。美の魅力に挑戦してエロスに打ち勝つと宣言したダプニスに対して、表面は怒りをみせる。しかし美に敏感でエロスに傷つきやすい者が本来は女神の信徒であるのを知っているから、本気で怒ってはいない。一三九行参照。

はじめてください、牧人の歌をもう一度、はじめてください、ムーサイよ。
キュプリスと牛飼の話があるではないか。イダ[1]の地へ行きなさい。
アンキセス[2]のもとへ行きなさい。あそこには樫や糸杉草[3]が茂り、
蜜蜂が巣のまわりで、ブンブンうたっている。
はじめてください、牧人の歌をもう一度、はじめてください、ムーサイよ。
アドニス[4]も美しいさかりで、羊を飼っている。
ウサギをしとめ、たくさんの獣を狩っている。
二〇
はじめてください、牧人の歌をもう一度、はじめてください、ムーサイよ。
もう一度ディオメデス[5]に立ち向かい、言うがいい。
牧人ダプニスには勝った、また闘おうと。
はじめてください、牧人の歌をもう一度、はじめてください、ムーサイよ。

(1)小アジア北西部トロイア近辺の山地。
(2)トロイア王ダルダノスの息子。イダ山地で家畜を追っていたとき、アプロディテ女神とのあいだに息子アイネアスをもうけた。ホメロス風讃歌『アプロディテ讃歌』参照。
(3)カヤツリ草。
(4)アプロディテに愛された美青年。イノシシに殺され、女神の非常な悲しみのもととなった。
(5)トロイア戦争のギリシア方戦士。戦闘で女神を傷つけた。ホメロス『イリアス』第五歌三三五行以下参照。

狼よ、ジャッカルよ、山の洞穴の熊たちよ、さらば。
この私、牛飼のダプニスはもうおまえたちの森には行かない。
林にも茂みにも行かない。さらば、アレトゥサの泉(6)、
川たちよ、テュブリス(7)から落ちる流れよ。

はじめてください、牧人の歌をもう一度、はじめてください、ムーサイよ。

私はあのダプニス、ここで牛を飼っていた。
ダプニスは牡牛や仔牛に水を飲ませに連れていった。

はじめてください、牧人の歌をもう一度、はじめてください、ムーサイよ。

ああ、パーンよ、リュカイオン(8)の高みにおられようとも
マイナロン(9)の大山を見回っておられようともシチリアまで来てください。
ヘリケ(10)の頂を去り、神々でさえ賛嘆するという
あのリュカオンの孫(11)の墓山をあとにしてください。

(6) シュラクサイの泉。アレトゥサはもとはニンフで河神の求愛から逃れ、海底を通ってシチリア島に湧き出でたと伝えられる。

(7) エトナ山の別名か。

(8) パーンの聖域であるアルカディアの山。

(9) アルカディアの山。

(10) メガロポリスの西の山地。ヘリケはニンフだったカリストの別名。彼女はゼウスに愛されアルカスを生み、ヘラに熊に変えられ大熊座になった。

(11) リュカオンの娘カリストの息子アルカスのこと。

終えてください、牧人の歌を終えてください、ムーサイよ。
神よ、ここへ来て私の笛(1)を受け取ってください。
蜜の香りの蠟でつなぎ、まわりをきれいに巻いてある。
私はもう黄泉の国へとエロスにひかれてゆきます。
終えてください、牧人の歌を終えてください、ムーサイよ。

これからはイバラやアザミにスミレが咲くがよい。
きれいな水仙がネズの木を飾るがよい。
すべてが逆になり、松が梨の実をつける。
ダプニスが死ぬのだから。鹿が猟犬を引き裂き
山では小夜鳴き鳥(2)が梟とともに鳴く」。
終えてください、牧人の歌を終えてください、ムーサイよ。

こう言って口をつぐんだ。

一三〇

(1) 牧人は引退や死に際して、愛用の品々を牧神にささげる。「エピグラム二」参照。

(2) ナイチンゲール。美しいさえずりから歌人にたとえられる。ヘシオドス『仕事と日』参照。ここでは歌のへたな梟が、対等にうたうという逆説。

女神アプロディタ(3)は彼を助け起こそうとした。
しかし運命のすべての糸は切れ、ダプニスは流れ(4)に入り、
ムーサイに愛されニンフたちのお気に入りだった彼を、渦巻く水が運び去った。

終えてください、牧人の歌を終えてください、ムーサイよ。

さあ、牝山羊と器をもってきておくれ、乳をしぼったら
ムーサイにささげよう。ごきげんよう、ムーサイ、幾度もあいさつをおくります。
これからもあなたがたに向かってもっと甘くうたいましょう。

山羊飼
テュルシス、君のきれいな口に蜜や蜂巣があふれるように(5)、
そしてアイギリア(6)の甘い干しイチジクをしゃぶるがよい。
君の歌はセミより巧みなのだから。
この杯をごらん、なんていい匂いか、みてごらん。

(3) アプロディテのドリス方言。
(4) 黄泉の国の川アケロンのこと。
(5) 蜜のように甘い声の歌人の口には甘い食べ物が合うと考えられた。第七歌八四行参照。
(6) アッティカもしくはコス島の地名。干しイチジクの名産地として知られていたのだろうが不詳。

ホーライ（1）の泉で洗われたと思えるほどだ。
さあこっちへこい、キッサイタ（2）。こいつの乳をしぼってくれ。
これこれ牝山羊たち、そんなにとびはねると牡山羊がおまえたちにとびつくぞ。

一五〇

（1）季節の女神たち。花や実りをもたらす慕わしい存在。しばしばムーサイやカリテスに等しくみなされる。
（2）牝山羊の名前。この乳もダプニスへの贈り物。

第二歌　まじないをする女、シマイタ(1)

月桂樹の葉はどこなの。こっちにおよこし、テステュリス(2)
恋のまじない薬はどこ。壺を緋色の毛糸で巻きなさい。
私の不実な恋人を縛《しば》りつけるのよ。
来なくなってから十二日にもなるひどい人。
私が生きてるか死んでるかも気にしない。
うちの戸をたたきもせずに知らん顔。
きっとエロスとアプロディタが、浮ついた心を別の方へ向けたのね。
あしたはティマゲトス(3)の競技場(4)に行って会い
私への振る舞いをとがめてやりましょう。
でも、いまはまじないであの人を縛《しば》ってしまおう。
どうぞ、セラナ(5)さま、明るく照らしてください。あなたに向かって、そっ

(1) 恋した男から捨てられ、まじないで恋人を呼び戻そうと、月夜に恋薬をつくる女。召使い女一人を所有するが、男の保護なく質素に暮らす中流の下層に属すると思われる。
(2) シマイタの召使いの女。
(3) 競技場の所有者か設置者の名前。
(4) シマイタの恋人が通うスポーツ施設。九七行参照。
(5) 月の女神セレネ。ドリス方言でセラナ。

とうたうのですから女神さま。
そして大地の女神ヘカタ(1)さま、御前では犬たちさえ震えます。
死者の墓と黒い血の間を通って来られるときに。
ごきげんよう、恐ろしいヘカタさま、最後まで私をお導きください。
まじない薬がキルカ(2)やメデイア(3)や
金髪のペリメデス(4)のものに劣らないようにしてください。

魔法の車(5)よ、あの男を私の家へと引き寄せておくれ。

まず大麦が火にくべられる、さあ、撒きなさい。
テステュリス、ばかね、気を散らさないで。
まったく私を馬鹿にする気なの、いやな女。
撒きながらこう言うの、「デルピス(6)の骨を撒きます」。

魔法の車よ、あの男を私の家へと引き寄せておくれ。

デルピスが私を苦しめた。私はデルピスを念じて月桂樹の葉を焼くの。

（1）魔術の女神ヘカテ。ドリス方言でヘカタ。天上では月セレネ、地上ではアルテミス、地下ではヘカテの三様をとる。
（2）太陽神ヘリオスの娘で魔女キルケ。ドリス方言でキルカ。オデュッセウスの部下を獣に変えた物語が有名。
（3）太陽神の孫娘で魔女。キルケの姪。英雄イアソンを助けて金羊毛皮を取得させる。夫に裏切られ、恋敵を殺して逃走。
（4）太陽神の息子アウゲイアスの娘アガメデのことか。ホメロス『イリアス』第十一歌七四〇行参照。キルケ、メデイア、アガメデは三人とも薬草を用いた魔術を得意とする。
（5）恋人を引き寄せるための車で原語はユンクス。アプロディテがもたらしたと伝えられる。キツツキの一種アリスイ（ユン

これがバリバリと大きな音をたて、炎をとらえて急に燃えあがり
灰も残さず姿が消える。
このようにデルピスも、炎のなかで肉を焼きつくすよう。
魔法の車よ、あの男を私の家へと引き寄せておくれ。　二七(7)

それから籾殻を入れよう。アルテミス女神さま、あなたは黄泉の国の　三三
堅固な扉も動かしておしまいになるし、他のどんな動かしがたいものだ
って。

テステュリス、町で犬が吠えている。
女神が三叉路にお出ましよ。早く銅鑼《どら》を鳴らしなさい。

魔法の車よ、あの男を私の家へと引き寄せておくれ。

ごらん、海はしずまり風もしずか。
でも私の心の内の苦しみは鎮まらず
あの人のために全身が火であぶられる。　四〇

クス）の名がつけられたのは、この鳥がつがいの時期に首をまわして相手を呼ぶことからとも言われている。ピンダロス『ピュティア第四歌』二一四行参照。

（6）シマイタの恋人の名。

（7）行の入れ替えは Gow にしたがう。

あわれな私を娶りもせずに、乙女でなくし不幸せにしたあの男。

魔法の車よ、あの男を私の家へと引き寄せておくれ。

二八 この蠟を私が女神の助けで溶かすように
二九 ミュンドス（1）生まれのデルピスも同じように恋に溶けますように。
三〇 そして、このアプロディタの青銅の車がまわるように
三一 あの人も私の家の戸へとまわってきますように。

三二 魔法の車よ、あの男を私の家へと引き寄せておくれ。

四三 三度お酒をそそぎ、三度お呼びします、女神さま。
あの人の横にいるのが女であろうと男であろうと忘れてほしい。
かつてテセウスがディアの島で
髪うるわしいアリアドネ（2）を忘れたと言われているように。

魔法の車よ、あの男を私の家へと引き寄せておくれ。

（1）小アジアのハリカルナッソスの西、カリアの町。

（2）アテナイの英雄テセウスは、アリアドネの与えた糸のおかげでクレタ島の迷宮から逃れ出たが、帰路彼女をディア島（ナクソス島の旧名）に置き去りにした。

アルカディアに茂る馬狂草(3)に
山の牝馬も足速い牡馬も、みな狂ったようになる。
そんなデルピスが見たいもの。この家に向かってやってくる。
狂ったように、競技場のオリーブ油(4)で肌もつややかに。

魔法の車よ、あの男を私の家へと引き寄せておくれ。

この外衣の端布はデルピスが落としていったもの。
いま私が裂いて燃えあがる火にくべる。
ああ、悩みをもたらすエロス、なぜ私の肌から黒い血を吸い取ったの。
沼地の蛭《ヒル》がするように。

魔法の車よ、あの男を私の家へと引き寄せておくれ。

トカゲをすりつぶして毒薬をあしたもってゆこう。
テステュリス、そのあいだにおまえは恋薬をもっていって
あの人の家の戸の柱にぬるのよ、夜が明けないうちに。

(3) 白花菜（風蝶草）、灯台草、または瓜ではないかと諸説あるが不詳。

(4) 競技者はみなオリーブ油を体に塗って垢をこすり落とし体を清める。

［私のことを気にかけないあの男は薬で縛《しば》られる。（1）］
そして小さな声で言いなさい、「デルピスの骨をぬります」と。

魔法の車よ、あの男を私の家へと引き寄せておくれ。

さあひとりになって、（2）恋の悩みをどのように嘆きましょう。
どこからはじめよう、だれがこの不幸をもたらしたのか。
エウブロスの娘で籠かつぎの女（3）アナクソが
アルテミスの苑に行ったとき
女神のためにいろいろな動物の行列があって牝獅子もいた。

私の恋がどこから来たかを聞いてくださいい、セラナ女神さま。

テウマリダス（4）の乳母はトラキア生まれ（5）で、もう故人になっているけれど
隣に住んでいて、行列を見ようとしきりに頼んだので
不運な私はいっしょに出かけたのです。
上等の麻で織った裾長の衣に

（1）この六一行は後代の挿入と思われる。
（2）召使い女テステュリスは恋薬をもって出かけていった。
（3）犠牲獣の行列といっしょに、供物を入れた籠を頭にのせて運んだ者か。
（4）人名。不詳。
（5）乳母はトラキア出身者が多かったのか、「エピグラム二〇」にも記述が見える。

クレアリスタから借りた(6)よそゆきの外衣をはおり
私の恋がどこから来たかを聞いてください、セラナ女神さま。
まだ道のなかばも行かないところ、リュコン(7)の家のそば、
デルピスがエウダミッポス(8)といっしょに来るのを見たのです。
髭は金陽花より黄色くて(9)
胸はあなたよりもずっと輝いていました、セラナ女神さま。
ちょうど体操場で運動をしてきたばかりだったのです。

私の恋がどこから来たかを聞いてください、セラナ女神さま。
ひとめ見て狂ったようになり、あわれな私の心は火にあぶられて
顔色は失せ、もう行列のことも考えず
どうやってうちに帰ってきたのかもわからない。
熱病のようなものにかかり
十日のあいだ、昼も夜も寝床に横たわり

(6) シマイタの生活状態は、外出用のローブを所有しないほどのもの。そこで、女友たちクレアリスタに借りることになった。
(7) 人名。彼の家もしくはその名を冠した広場が道の目印となっていた。
(8) デルピスの友人。
(9) 競技場で塗った油で輝いていたため。金陽花はムギワラギク。

私の恋がどこから来たかを聞いてください、セラナ女神さま。

私の肌はすっかり黄染木(1)のようになり
髪の毛はすべて頭から抜け落ちて
残ったのは骨と皮ばかり。
どこにでも相談にいき、どのまじない老婆の家も、残らず訪ねていきました。
けれど苦しみはおさまらず、時が逃げるように過ぎていきました。
私の恋がどこから来たかを聞いてください、セラナ女神さま。

そういうわけで召使い女に事情を話したのです。
「さあ、テステュリス、このひどい病の薬を見つけてきておくれ。
あわれな私は、すっかりあのミュンドスの男にとらわれてしまった。
でもティマゲトスの競技場に行って探してちょうだい。
あの人はあそこに行くんだから。あそこで過ごすのが好きなのよ。

九〇

(1) 染色に用いる灌木でタプソスと呼ばれる。

私の恋がどこから来たかを聞いてください、セラナ女神さま。

そしてひとりでいるのを見たら、そっと合図して
シマイタが呼んでいると言って、ここへ連れてくるのよ」。
こう言ったのです。彼女は行って輝く肌のデルピスを
うちに連れてきました。私は彼がはずむような足取りで
扉の敷居を越えるのを見たときに
私の恋がどこから来たかを聞いてください、セラナ女神さま。

全身が雪より冷たくなり、額からは
汗がしめった露のように流れ
声も出せません。子どもが眠りのなかで
いとしい母に向かってぐずるほどの声も出ず、
体はどこもかもすっかり人形のようになりました。
私の恋がどこから来たかを聞いてください、セラナ女神さま。

あの心ない男は私を見て、目を伏せると
寝台に腰をおろして座りながら話したのです。
「シマイタ、ほんとうにあなたはちょっとだけぼくに先んじたのですよ。
このあいだ、ぼくが優美なピリノス(1)よりちょっと速く走ったそれくらい。
お宅に呼んでくれたのが、ぼくが来るよりちょっと早かった。

私の恋がどこから来たかを聞いてください、セラナ女神さま。

ぼくは来たはずです。甘美なエロスにかけて来ましたよ。
友達といっしょに三人か四人で、きょうの晩にでも
ディオニュソスのリンゴ(2)をふところに入れ、
頭にはヘラクレスにささげられた銀色ポプラ(3)の冠に
紫色の紐《ひも》をぐるっと巻きつけて。

私の恋がどこから来たかを聞いてください、セラナ女神さま。

そしてもし、ぼくを受け入れてくれたら、うれしいことだった。

(1) デルピスの友人。コス島にはヘゲポリスの息子ピリノスという高名な走者がいた。
(2) 求愛のしるし。
(3) 銀色ポプラは、ヘラクレスがギリシアにもたらしたという。またヘラクレスは競技者の守護神でもあるから、とくにデルピスの崇拝の対象。

若者みんなのなかでも敏捷な美青年と言われている者なのですから。
そしてあなたのうるわしい唇に接吻だけして、帰って寝たことでしょう。
でもぼくを追い返したり、戸に閂《かんぬき》がかかっていたりしたら、
きっと斧と松明《たいまつ》があなたのところにやってきました。

私の恋がどこから来たかを聞いてください、セラナ女神さま。

いまはまずキュプリスにお礼を言わねばなりますまい。
その次に、私を火から拾い上げてくれたあなたに感謝します。
この部屋に呼んでくれたのですから、おじょうさん。
ぼくはもう半分燃えています。エロスはリパラ島(4)のへパイストス(5)より
激しい明るい炎を燃やすことが多いのです。

私の恋がどこから来たかを聞いてください、セラナ女神さま。
　邪《よこしま》な狂気でもって乙女を部屋から駆り立て
人妻をまだあたたかい夫の寝床から抜けださせます」。

(4) シチリア島の北にある火山群島。
(5) 鍛冶の神。火山の地下に仕事場をもつと考えられていた。

こう言ったのです。私は早くも信じてしまい
手を取ってやわらかいしとねに向かいました。
体と体はすぐさま熱し、顔は前より熱くなり
甘いささやきをかわします。
ながくはおしゃべりいたしますまい、セラナさま。
事はなされて、私たちは二人とも望みを満たしました。
そしてきのうまで、あの人は私に何の不満もなかったし、私も同様でした。
ところがきょう、バラ色の暁《あかつき》を海からひきあげる馬たちが
大空へかけあがるころ(1)
笛吹き女のピリスタ(2)とメリクソ二人の母親が
訪ねてきたのです。
ほかにもいろいろ話して、デルピスが恋をしていると言ったのです。
女性への恋か、少年への恋か、それはわからないけれど、
いつも混じりけのないブドウ酒(3)をエロスにささげ
恋人の家を花冠で飾ると言って
急いで出かけてしまうという。
それは本当です。いままでは日に三度も四度も行ったり来たりして

(1) 暁の女神エオスは馬に引かせた車にのって海から空へのぼり夜明けをもたらすと考えられていた。
(2) デルピスとシマイタのために笛を吹いていた女と思われる。ピリスタとメリクソは姉妹。
(3) ふだんブドウ酒は水でわって飲むが、エロスには特別のささげものをする。第七歌一五四行註参照。

私のところにドリス風の香油入れを
置いていくこともよくありました。
でも、もう会わなくなってから十二日もたつ。
ほかにいい人ができて私を忘れたのでしょう。
この恋薬で縛《しば》ってしまおう。それでもまだ私を苦しめるなら
あの人は、モイラ(4)に誓って、
黄泉の国の扉をたたくことになるでしょう。
私の長持には恐ろしい毒薬がしまってあるのだから。
アッシリア(5)の異邦人から習ったものです、女神さま。

でもおやすみなさい、お月さま、大海原に若駒(6)を向けてください。
私はこの恋をいままで耐えてきたようにこれからも負っていきましょう。
おやすみなさい、輝く玉座のセラナ。
そしてしずかな夜の車におともする。ほかの星たちもおやすみなさい。

(4) 運命・宿命の神。
(5) メソポタミアのティグリス川上流地域。エジプトやバビロニアと並んで魔術がさかんだとされていた土地。
(6) 月の女神も馬に引かせた車で夜空をわたる。

第三歌　セレナーデ(1)

アマリュリス(2)のところにうたいに行こう。
私の山羊は山で草をはんでいて、ティテュロス(3)が世話してくれる。
ティテュロス、良い友、山羊たちに草を食わせたら
泉に連れていってくれ、ティテュロス。
リビア産の褐色牡山羊が角で突いてこないように気をつけたまえ。

(洞窟の前で)

ああ、きれいなアマリュリス、なぜもう洞窟から顔を出して
恋する私を呼んでくれないのか。私がいやなのか。
近くで見ると鼻がぺちゃんこだからなのかい。
そして顎がとがっているからかい、おじょうさん。(4) 君はぼくに首をくくら

(1) 原語コーモスの意味は多様だが、ここでは恋人の家の前で切ない思いを語りかける歌。松明や音楽や友人を伴ってうたわれることもある(第二歌一一八―一二八行参照)。この歌では山羊飼がニンフの洞窟の前で歌いかけるが、返事がなく絶望する。
(2) ニンフのアマリュリスはもう死んでいて返事をしないとも考えられる。第四歌三八行では彼女の死に触れられている。
(3) 牧人風の名前。第七歌七二行の牧人詩人と同一人物かどうかは不明。人ではなく群れを統率する牡山羊の名だとの解釈もある。
(4) 一眼巨人ポリュペモスも似たようにうたう。第十一歌参照。

せるよ。

ほら、ここにリンゴを十個もってきた。
君に言われたところからもいできた。あすも別のをもってこよう。
ごらん、恋の悩みが心臓にのしかかる。
ブンブンいう蜂になって、君の洞窟に入っていけたらいいのに
君をかくしているキヅタやシダのあいだをすりぬけて。

いまではエロスのことがわかっている。
この恐い神は、牝獅子の乳を飲み密林で母親に育てられ
私をじりじり焦がして、骨まで迫る。

君ときたら黒い眉毛(5)で目つきはかわいいのに、まったく石のよう。
この牧人を抱きしめておくれ、接吻させておくれ。
気のない接吻にも甘い喜びがある。
この花冠をむしりとって、ばらばらにするのも君のせいだ。

(5) 眉毛の黒いのは魅力とされる。

これはかわいいアマリュリスのためにかぶっている。
キヅタにバラのつぼみと香りの良いセリを編み込んで。
ああ、なんていう苦しみか。もうだめだ。聞いてもくれない。

上衣を脱いで、海にとびこもう、
あそこの漁師のオルプスがマグロを見張っているところから。
そして死んだら君はうれしいんだろう。

ついこのあいだも、君が愛してくれるかどうか、占ってわかった。
遠恋花(1)をぽんとたたいてもうまくいかなかった。
腕のやわらかいところで、つぶれてしまったんだ。
篩《ふるい》をつかう占い女アグロイオもこのまえ
薬草を摘んで近くを歩いていたとき、本当のことを言っていた。
ぼくは惚れ込んでいるけれど、君にはその気が全然ないと。
君のために飼っている双仔の母山羊で白いやつ。

(1) ケシの花。はなびらをたたいて、その形状から恋占いをする。
(2) 人名。不詳。
(3) 日焼けしていて黒い。顔色の黒いことが魅力的かどうかはメルムノン(2)に雇われている黒い顔の女(3)が欲しがっている。
君がつれないから、あげてしまおう。

右目がぴくぴくする、(4)会えるんだろうか。
この松に寄りかかって歌をうたおう。
かちかちの石ではないんだから、ひょっとすると見てくれるかもしれない。

(歌)

ヒッポメネス(5)が乙女を娶ろうと
リンゴを手に持ち、競走にのぞんだ。
アタランタはそれを見て、狂気のように激しい恋に陥った。
予言者メランプス(6)もまたオトゥリュス(7)からピュロス(8)へと
牛の群れを追いたてた。おかげでビアスの腕に抱かれたのは
かしこいアルペシボイアの母となる美しい人(9)。
山で羊を飼っていたアドニス(10)を、

趣味の分かれるところ。第十歌二六—二九行参照。
(4) なにかよいことが起こる幸運のしるし。
(5) アタランタの求婚者。彼女は競走に勝つことを結婚の条件にしていたが、ヒッポメネスがアプロディテに与えられたリンゴを投げて勝つ。
(6) メランプスが兄ビアスのために連れてきた牛の群れを婚資にビアスは、ピュロスのネレウスの娘ペロと結婚。
(7) ギリシア北部のテッサリアの山地。
(8) ペロポネソス半島西南，メッセニアの町。
(9) ビアスの妻でアルペシボイアの母となるペロ。
(10) 美の女神アプロディテの恋人の美青年。イノシシに殺される。

キュテラ生まれ(1)のうるわしい女神は激しく愛して、
息絶えた彼の体をいまでも腕にかかえているではないか。

幸せなのは永遠の眠りにつくエンデュミオン(2)。
愛する乙女よ、幸せなのはまたイアシオン(3)。
彼が得た多くのものは、不信の徒のあずかり知らぬこと。

頭が痛くなってきた。気にもしてもらえない。もう歌はやめよう。
倒れたままでいて、ここで狼に食われてしまおう。
君にはうれしいことだろう。蜂蜜が口に甘いように。

五〇

(1) 海の泡から生まれたアプロディテはキュテラ島で陸にあがったと伝えられる。
(2) 月の女神セレネに恋されたエンデュミオンはラトモス山の洞窟で、死に似た永遠の眠りについており、女神が彼のもとを訪れるとの伝説から。
(3) イアシオンは豊穣の女神デメテルの恋人。

第四歌　牧人たち(1)

バットス
コリュドン、だれの牛か教えてくれよ、ピロンダス(2)のかい。
コリュドン
いいや、アイゴンのだよ、草を食わせるようにってあずかったのさ。
バットス
それじゃ夕方こっそり全部の乳をしぼるのか。
コリュドン
おやじ(3)が仔牛に乳を飲ませながら、こっちを見張っているさ。

(1) 牛飼コリュドンと友人バットスの、噂話を楽しむのんびりした会話。
どちらも歴史上の人物ではない。バットスがアマリュリスの死を悲しむところをみると、第三歌のセレナーデをうたった当人かと推測される。
(2) ピロンダスもアイゴンも牧人。
(3) アイゴンの父親。

バットス
だが牛飼自身[1]はどこに消えてしまったんだろう。

コリュドン
聞いていないのか。ミロン[2]がアルペイオス川[3]の方に連れていったこと。

バットス
競技用のオリーブ油さえ見たことのない[4]あいつがか。

コリュドン
力と強さはヘラクレスと競えるくらいだという話だ。

バットス
このおれだって、ポリュデウケス[5]よりすごいっておふくろが言っていた。

コリュドン
二十匹の羊とツルハシを持って[6]あっちへ行ってしまった。

（1）アイゴン自身。

（2）伝説的競技者、クロトンのミロンを暗示。イタリア半島南端のクロトンは数多くのオリュンピア競技優勝者を輩出している。

（3）オリュンピアを流れる川。

（4）競技者はオリーブ油をたっぷり塗るから、油を見たこともないとは正式の競技をやったことがないとの意味。

（5）双子神の一人。第二十二歌「ディオスクロイ」参照。

（6）ツルハシは練習用のグランドを整備するのため。オリュンピア競技に参加するためには三十日間オリュンピア近くのエリスで準備しなければならない。二十匹の羊はそのあいだのアイゴンの食料。

バットス
ミロンは口がうまいから、狼だって、すぐさま狂わされる。
コリュドン
この牝牛たちはアイゴンを慕ってなきたてる。
バットス
かわいそうなやつらだ。なんて悪い牛飼にあたったものか。
コリュドン
ほんとうにかわいそうなんだ。もう食おうともしない。
バットス
たしかにあの牝牛はもう骨しか残っていない。
セミみたいに露しか食わせてもらってないのか。

コリュドン
いや、ゼウスに誓ってそうじゃない。アイサロス(1)の川岸に連れていくこともあるし、
やわらかい干草の大きな束もやっているし、
陰深いラテュムノン山(2)のまわりでとびはねることもある。

バットス
牡牛もあの赤いのなんか、ひどくやせている。
ああいうのはランプリアダス(3)のやつらがヘラの犠牲にささげるといいんだ。
つきあいにくいやつらだからな。

コリュドン
入江にも連れていってやるし、ピュスコス(4)の牧場にも
ネアイトス川(5)の方にも連れてゆく。
あそこにはウマゴヤシも土木香《どもっこう》(6)も匂いのいいハッカもおいしい草がなんでも生えている。

(1) クロトン近くの川。
(2) クロトン近くの山と思われる。
(3) クロトンの村落。伝説的英雄の名にちなむらしい。登場人物の隣村で競争関係にあると思われる。
(4) たぶん男名。
(5) クロトンの北で海に流れ込む現在のネト川。
(6) オオグルマとも呼ばれる匂いの強い植物。

バットス

かわいそうになあ。牛たちは黄泉の国にいくよ。
不幸なアイゴン、君が競技に勝つことなんかに夢中になるからだ。
そして君がつくった葦笛はカビだらけ。

コリュドン

いや、ニンフたちに誓ってそれはちがう。アイゴンはピサ(7)に行くとき、
贈り物だって置いていってくれた。ぼくが笛を吹くからさ。
グラウカ(8)やピュロス(9)の歌と合わせても、うまいもんだ。
クロトンを讃えて「うるわしの町ザキュントス(10)……」とうたったり
ラキニアの東向きの神殿(11)を讃えたりする。
拳闘家のアイゴンが一人で八十個ものパンを食ったところだ。
あそこであいつは牡牛の蹄《ひづめ》をつかんで山からおろし、
アマリュリスにやったら、女たちは叫びたて
牛飼は大笑いした。

(7) オリュンピア近くのアルペイオス河畔の地。
(8) プトレマイオス二世時代のキオス出身のキタラ奏者で詩人の同名の女性がいる。
(9) 実在は確定困難だが同時代の詩人か楽人と想定される人物。
(10) イオニア海の島および同じ名前の島の町。クロトンと並び賞されているか。
(11) クロトンの南東ラキニア山地にある。二一二行に言及されるヘラの神殿。

バットス

かわいいアマリュリス[1]、死んでしまったけれど忘れはしない。
君が逝ったときにはほんとうに悲しかった。
ああ、なんてつらい運命がふりかかったことだろう。

コリュドン

元気を出さなきゃ、親しいバットス、あしたになれば良くなるさ。
生きてる者に希望がある、死んでる者は希望がない。
ゼウスもあるときはお天気だけど、あるときは雨を降らす。

バットス

元気を出そう。あれ、大変だ。牛たちを追い上げろ。
オリーブの若芽を食べている。ひどいやつらだ。

コリュドン

こら、レパルゴス、こら、キュマイタ[2]。岡の方に行け、聞かないか。
そこからどかないなら、パーンにかけて、すぐ行ってひどいめにあわせて

（1）三五頁註（1）参照。

（2）レパルゴス（「白い」という意味だから「シロ」）は牝牛、キュマイタは牝牛の名前。

やるぞ。
そこからどかないか。また、そっちに行くのか。
曲り杖があったら、たたいてやるんだが。

バットス
コリュドン、見てくれよ、ゼウスにかけて
たったいま、かかとでアザミを踏んでしまった。
なんてたくさんとげのついた草があることか。
あの牛め、くたばってしまえ。あいつを見ていて踏んだんだ。とげが見つ
かったかい。

コリュドン
うん、爪でつかんだよ、ほらこれだ。

バットス
とげは小さいのに、強い男も負かす。(3)

(3) 第十九歌五―八行に似た表現がある。

コリュドン
山に入るときには、はだしで歩くなよ[1]、バットス。
山にはイバラやイラクサが茂っている。

バットス
ところでコリュドン、教えてくれよ。
おやじ[2]はまだ、むかし惚れていたあの黒い眉毛の恋人にご執心かい。

コリュドン
おさかんだよ、ばかなやつ。このあいだもこの眼で見たよ。
納屋に入っていったら、その最中だった。

バットス
そうか、[3]好き者だからなあ。
サテュロスや山羊脚のパーンにも負けない輩だ。

(1) この忠告はバットスが山に慣れない人間であることを示すか。

(2) アイゴンの父親のこと。

(3) 山羊の尾と角と脚をもつ好色な半人半獣。

第五歌　山羊飼と羊飼(1)

コマタス

山羊どもよ、あの羊飼から離れろ。シュバリス人(2)のラコンは
きのう、おれの毛皮を盗んだやつだ。

ラコン

羊たちよ、しっしっ、泉からはなれるんだ。
おれの笛を盗んだコマタスが見えないのか。

コマタス

どんな笛だ。シビュルタスの農奴のくせに笛なんて持ってたことがあるか。
コリュドン(3)といっしょに藁《わら》笛で

（1）二人の牧人が出会って歌合戦をする。賞品を賭け審判を頼み勝敗が決定される。コマタスは山羊飼でラコンは羊飼という設定。牧人のランクでは上から牛飼、羊飼、山羊飼という説がある。

（2）南部イタリアの町。この歌の舞台。ラコンの主人シビュルタス（五行参照）はトゥリオイ出身のうえ、農奴の彼に市民権はなく、シュバリス人と呼ぶのは皮肉ととれる。

（3）第四歌に出てきた牧人と同じ名前だが別人。

ピーピーやってるだけじゃもう、充分じゃないのか。

ラコン

リュコン(1)がくれたやつだよ、ごりっぱな自由人さん。(2)
だが、どんな毛皮をラコンがとったっていうんだ、コマタス。
あんたの主人のエウマラス(3)の寝床にだって一枚もないじゃないか。

コマタス

クロキュロス(4)が、ニンフたちに山羊を捧げたときにくれた
斑のはいったやつさ。あのときだって、あんたってやつは
うらやましくて死にそうだった。いまやっとおれからはぎ取ったってわけだ。

ラコン

この岸辺のパーンの神にかけて(5)、
カライティス(6)の息子ラコンは、皮衣をとったことはない。
さもなくば、狂ってあの岸からクラティス川(7)にとびこんでもいい。

(1) 牧人仲間か。よくある名前。
(2) コマタスが同じく農奴であることを承知してのからかい。
(3) コマタスの主人のシュバリス人。七三、一一八行参照。
(4) 人名。クロッカス(サフラン)に由来する名前。
(5) 岸辺にパーンの神像があったかと考えられる。
(6) ラコンの母。自由人は父親の名を名乗るのがふつう。農奴なので母親の名かと推測される。
(7) シュバリスの町を流れる川。

コマタス
おれだってそうだ。恵み深く親切でありますようお願いしている
この池のニンフにかけて[8]誓おう。
コマタスはこっそり葦笛を盗んだりしたことはない。

ラコン
それを信じたら、ダプニス[9]の苦しみになる。
しかし、たいしたものじゃないが、仔山羊を賭ける気なら
あんたが降参するまで歌合戦をしよう。

コマタス
豚があるときアタナ[10]女神と競ったとさ。
よし仔山羊はここだ。さあ、あんたも太った仔羊を出せ。

ラコン
狐め、なんでそれが同等なんだ。羊の代わりに髪を刈るやつがいるか。
初子を生んだばかりの牝山羊がいるのに、

(8) シュバリス池の岸辺にニンフの聖域があったものか。一四六行参照。

(9) 八〇行にも言及される名高い牧人詩人。第一歌六四行以下参照。

(10) アテネのドリス方言。

貧弱な犬の乳をしぼろうとするやつがいるか。

コマタス

相手に勝つと思い込むやつは、セミに向かってブンブンいう虻だ。
だが、仔山羊がつりあわないなら、
ほら、この山羊にして、さあ、やろう。

三〇

ラコン

まあ、急ぐな。火にあぶられているわけじゃない。
ここのオリーブの木陰に座れば、もっと気持ちよくうたえる。
冷たい水がしたたりおちて、こんなに草が茂っている。
コオロギもあんなに鳴いている。

コマタス

少しも急いじゃいないが、いたく嘆いているだけだ。
よくもその目でまっすぐおれの顔を見られたものだ。
子どものころ、教えてやった、恩返しはどこへやら。

狼の仔や仔犬を育てりゃ、食われることになる。

ラコン

あんたからいいものを習ったことも聞いたことも思い出せない。
嫉妬深くて昔からむかつくやつだった。

コマタス

おれがおまえを後ろからやっつけて、おまえが痛がったとき
ここの牡山羊がめえめえ鳴いて、牝山羊にのしかかったものだ。

ラコン

あんたの墓はあのときより深く掘られない、猫背め。
さあこい、こっちへ来い、最後の歌をうたうんだ。

コマタス

そっちに行くものか。こっちには樫の木と糸杉がある。
蜜蜂が巣のまわりで、きれいにブンブンいっている。

冷たい水の泉が二つあって、枝では鳥がさえずっている。
木陰もおまえのとこの陰とはちがうし、
松が上から松かさを落してくれる。

ラコン

こっちは仔羊の皮の上を歩けるぞ。
こっちへ来れば眠りよりも柔らかい。
そっちの山羊皮は、おまえより臭い。
大きな壺に真っ白な乳を入れてニンフたちに捧げよう。
もうひとつの壺には上等な油をいっぱいにして。

コマタス

こっちに来れば、柔らかいシダと花咲くハッカの上を歩けるぞ。
山羊の皮を敷いてやろう。
そっちの仔羊より四倍もやわらかい。
乳桶を八つパーンに捧げよう。
そしてもう八つの器に蜜のしたたる蜂の巣を入れよう。

ラコン
それなら、そこから歌ってよこすがいい。
自分の場所で、樫の木を守るがいいさ。
だが、だれを審判にしよう。牛飼のリュコパスがいるといいんだが。

コマタス
あいつなんかいらない。
よければあの男、木こりを呼ぼう。
そっちの方のあの原で木を切っているモルソンだ。

ラコン
よし呼ぼう。

コマタス　　呼んでくれ。

ラコン　　　そこの人、ここに来て(1)
ちょっと聞いてくれないか。どっちがうまく歌うか。

(1) 原文では、このラコン、まえのコマタス、ラコンのせりふで一行をなす。

歌合戦をやるつもりなんだ。どうかモルソン。
審判にあたっては、こちらもひいきせず、あちらにも傾かずにやってほしい。

コマタス

そう、ニンフにかけて、親しいモルソンよ、コマタスを
優遇することも、あっちに目をかけることもない。
だが、あの群れはトゥリオイのシビュルタス[1]のもので
こっちの山羊はシュバリス人エウマラスの持ち物なんだ。

ラコン

ゼウスにかけて、なんてことを言うんだ。だれもこの羊がシビュルタスのものかおれのものかなんて聞いていないのに。
ばかものめが、なんておしゃべりなやつだ。

コマタス

まあまあ、おさえて。おれはなんでも本当のことを言って、法螺《ほら》なんかふ

（1）ラコンの主人。五行および一行註参照。

かないんだ。
あんたはけんか好きだなあ。

ラコン
さあ、歌えるならうたえ、この人が生きて町にもどれるようにな。神さま、このおしゃべりから守ってください。あんたは口数が多い、コマタス。

（歌合戦のはじまり）

コマタス
歌の女神はコマタスが、歌人《うたびと》ダプニスよりもずっとずっとお気に入り。つい最近二匹の仔山羊を捧げたのだもの。

八〇

ラコン
ラコンのことはアポロンがたいそうお気に入り。この神のためにりっぱな牡羊を育ててる。カルネア祭(2)も近いことだから。

（2）家畜の守護神で音楽の神ともされるアポロンに奉ずるドリス人の祭。カルネイオス月（八、九月）に催される。

コマタス
二匹だけは別にして、どの山羊も双仔を生んだ。
乳をしぼっているのを見て、女の子が言う。「かわいそうな人、一人でしぼっているの？」

ラコン
すごい、すごい、ラコンは、ほとんど二十の籠をチーズでいっぱいにして、
草原で、かわいいさかりの男の子をものにする。

コマタス
山羊といっしょに通るとクレアリスタ[1]が山羊飼に
リンゴを投げて、甘い声をかける。

ラコン
肌もなめらかなクラティダス[2]が会いに来ると羊飼の胸がもえあがる。
少年の輝く髪がうなじに揺れている。

（1）コマタスの女友達。
（2）ラコンの恋する少年。

コマタス
イヌイバラやアネモネは、塀のそばの
花壇に咲くバラの花とは比べものにならない。

ラコン
ドングリと山リンゴだって比べられない。
樫の木の実の皮は薄いけど、リンゴは蜜のようだもの。

コマタス
あの子に森鳩(3)をやろう。
ネズの茂みにいるのを取ってきて。

ラコン
外衣のためのやわらかい羊毛を、黒羊の毛を刈ったらすぐ
クラティダスに贈り物にしよう。

(3) ジュズカケバト。

コマタス

こら、山羊ども、オリーブの木からはなれて、ここにいろ。
岡の斜面のギョリュウ(1)の生えているところ。

ラコン

樫の木からどかないか、コナロス(2)にキナイタ(3)よ。
東の方に来て、パラロスのいるところで草を食べなさい。

コマタス

糸杉でつくった乳桶をもっている。
プラクシテレス(4)の造ったような壺もある。あの子(5)のためにとってある。

ラコン

群れを守って狼を脅す犬をもっている。
野獣をみな追い払うよう、あの少年(6)にあげよう。

(1) タマリスク。第一歌一三行註参照。
(2) コナロスと次行のパラロスは牡羊の名。
(3) キナイタは牝羊。
(4) 前三四〇年頃活躍した有名な彫刻家。
(5) 八八行のクレアリスタのこと。
(6) 九〇行のクラティダスのこと。

コマタス
うちの垣根をとびこえるイナゴたちよ。
ブドウをだめにしてくれるなよ、もう乾いているんだから。(7)

ラコン
セミたちよ、ラコンが山羊飼をあおりたてるのを見てくれ。
おまえたちもきっとこんなふうに、刈り入れ人をあおっているんだ。

コマタス
ふさふさ尻尾の狐が憎い。ミコン(8)のところに
夕方ちかくやってきて、ブドウをとってゆく。

ラコン
同じくかぶと虫が憎い。ピロンダス(9)のイチジクをかじって
風といっしょに飛んでいく。

(7) 干しブドウをつくるために干してある。

(8) ブドウ園の持ち主。よくある人名。

(9) 牧人か。第四歌一行にも出てくる名前。

コマタス
おぼえているかい。おまえを押しつけたら、にやにやしながら
じょうずに腰をひねって、そこの樫の木にしがみついたじゃないか。

ラコン
おぼえていないが、あの木にエウマラス(1)が
あんたを縛《しば》って、ぶったたいたのは、まだよくおぼえている。

コマタス
もうだれかが怒っている。それとも気づかなかったかい、モルソン。
走っていって海葱《かいそう》(2)を、老婆の墓からすぐひっこぬいてきてくれ。

ラコン
こっちもだれかを怒らせた、モルソン、わかるだろう。
ハレイス(3)に行って豚草(4)を掘ってきてくれ。

(1) コマタスの主人。

(2) 地中海原産のユリ科の多年生植物。根を乾かして薬用にする。ここでは怒りなどの激情をしずめる魔術的役割をもつか。第七歌一〇八行参照。

(3) 南イタリアのトゥリオイ近くの川。

(4) シクラメン。海葱と同様、鎮静剤的薬効があるとされる。

コマタス
ヒメラ(5)が水の代わりに乳を流せばいいのに。
クラティス(6)よ、ブドウ酒に染まっておくれ。そしてミズハコベ(7)が実をつけるように。

ラコン
シュバリスの泉から蜜が流れればいい。
あの子が朝早く、水の代わりに蜂の巣を水桶に汲むように。

コマタス
こっちの山羊たちは、上等のクローバーとヤギ草を食べ、
乳香(8)の上を歩いて、イチゴ木(9)の葉に休む。

ラコン
うちの羊のところには、ハッカが生えてて食べられる。
アオイ(10)がバラのようにたくさん咲いている。

(5) この箇所では、女性名詞なので川ではなく泉の名。
(6) 南イタリアの川。
(7) ミズボウフウ。
(8) マスティク。乳香樹。カンラン科の落葉高木。羽状の葉をもつ。第二十六歌一一行参照。
(9) シャクナゲ科の常緑灌木。赤い実をつけるのでこの名がある。葉は月桂樹に似る。第九歌一一行参照。
(10) 原語はキストス。英語ではシスタス（cistus）。モクレン科コジアオイ属の灌木でピンクや白の花をつける。

コマタス
アルキッペ(1)は好きじゃない。このあいだ鳩をあげたとき
手で耳をはさむ接吻(2)を、してくれなかった。

ラコン
でもエウメデウス(3)はとても好き。
笛をあげたとき、とてもやさしく接吻してくれた。

コマタス
ラコン、カケスが小夜鳴き鳥と競うのはよくないな。(4)
ヤツガシラと白鳥もだ。だがあんたは、ばかでけんか好き。

モルソン
羊飼はだまるがいい。モルソンはコマタスに
仔羊を与えよう。ニンフたちに捧げるときには
モルソンにも、ちゃんと、おいしい肉を届けるんだぞ。

(1) 女名。コマタスのもう一人の女友達。
(2) とくべつやさしい接吻。
(3) 男名。ラコンの知り合いの少年。
(4) ラコンはコマタスと同じく恋の贈り物が効をそうさなかった例をあげてうたうべきだった。コマタスの批判はこれを指摘し、審判のモルソンも同意してコマタスを勝たせたとの解釈がある。しかし、歌合戦の規則と勝敗の基準は不明な点が多い。

コマタス

パーンにかけて、かならず届けるさ。
さあ、山羊の群れ、とびはねてくれ。
羊飼のラコンを笑いとばすのを見ておくれ。
最後には仔羊をかち取ってやった。
天高くとびあがれ、角を生やした山羊たちよ。
あしたはみんなをシュバリスの池で洗ってやろう。
そこの白い角つき野郎、牝山羊の一匹にでも乗ってみろ。
去勢してやるぞ、ニンフに仔羊を捧げる前にもな。
またやるか、おまえを去勢しなかったら、おれはコマタスじゃなくて
メランティオス(5)になっちまう。

(5) ホメロス『オデュッセイア』第二十二歌四七五行に登場する山羊飼。オデュッセウスを裏切って、手足を切られ去勢される。

第六歌　牛飼たち――ダモイタスとダプニス(1)

アラトス(2)よ、ダモイタスと牛飼のダプニスがあるとき同じ場所で
いっしょに群れを追っていた。
一人は火色の淡い髭を生やし、もう一人はまだ半分しか生えそろわない。
二人は泉のそばに座って、夏の日の昼間こんなふうにうたった。
ダプニスが最初に歌合戦をいどみ、うたいはじめた。

ダプニス
ポリュペモス(3)よ、ガラテイア(4)が君の羊にリンゴ(5)を投げて
恋に疎い羊飼だと言っている。
君は目をやりもしない、ばかだねえ、座り込んで
甘く葦笛を吹いている。ほら、こんどは犬に投げている。

(1) 二人とも若いがすぐれた牧人詩人。彼らが一眼巨人ポリュペモスの失恋を主題に歌合戦をした。このことをテオクリトスが友人に語るという設定。

(2) テオクリトスの友人。アラトスの恋をうたった第七歌の「シミキダスの歌」(九八、一〇二、一二二行)を参照。

(3) 一眼巨人キュクロプスの一人で海神ポセイドンの息子。オデュッセウスの部下を喰らって目をつぶされる話は有名。ホメロス『オデュッセイア』第十歌参照。ガラテイアへの失恋は紀元前四〇〇年頃からキュテラのピロクセノス等に記されている。第十一歌でも同じテーマをあつかっている。

(4) 海神ネレウスの娘で、波の白い泡の擬人化ともされる。

(5) リンゴは求愛、もしくは

羊を守って君にしたがうこの犬が、海を見て吠えている。
しずかに波打ち寄せる浜辺を走る姿が、なめらかな海面にうつる。
あの子が海から出てきたら、足にとびかかって
きれいな肌をひっかかないよう、気をつけなくては。
彼女はあそこから気をひこうとしている。
強い夏の日に焦がされて乾いたアザミの綿毛のように
追う者からは逃げ、逃げる者を追いかける。
碁盤の枠から石を動かす(6)こともある。
だってポリュペモスよ、恋する者には、
美しくない者も美しく見えることがよくあるのだから。

これに対してダモイタスはこううたいはじめた。

ダモイタス

もちろん見てるさ、パーンにかけて、羊の群れに投げつけているのを
ぼくの大事な一眼《ひとつめ》が見逃しはしない。
この眼で、死ぬまで見てやるつもりだ。

「気のある」そぶり。第二歌一二〇行、第五歌八八行参照。

(6) なんらかのゲームが考えられていると思われるが、競技の仕方と規則の詳細不明。「枠から石を動かす」とは「相当思い切った手を使う」、または「ルール違反をする」といった意味か。

災いを予言する占い師のテレモス(1)は凶兆をうちに持って帰って
子どものためにしまっておくがいい。
じつは、ぼくの方も彼女をじらそうと、見ないようにしてるんだ。
ほかに女の子がいると言ってやる。それを聞いたらやきもちやいて
おおパイアーン(2)、弱気になって、海から急いで出てきて洞窟や羊の群れを
　のぞくだろう。
そうしたら犬をけしかけて吠えつかせる。
ぼくが言い寄っていたときは、あの子のひざに鼻面のせて
クンクンいってた犬だけど。
こんなにするのを見れば、たびたび使いをよこすようになるだろう。
でも扉を閉めてやろう。彼女が自分でぼくのため
きれいなしとねをこの島にのべると約束するまでは。
だって、ほんとうに、ぼくの姿(3)はみんながいうほど醜くはない。
このあいだ凪《なぎ》の海面をのぞいてみたら
髭はきれいで、ひとつだけの眼もきれいに見えた。
真っ白な歯がパリ島の大理石(4)より白くきらめいている。
魔よけのために、三回、胸につばをつけておいた(5)。

(1) エウリュモスの息子でキュクロプスたちのもとに住み、ポリュペモスの眼がオデュッセウスにつぶされる予言をしたとされる。ホメロス『オデュッセイア』第九歌五〇九行参照。『オデュッセイア』におけるこの有名な出来事は第十一歌でも暗示される。第十一歌五一－五三行参照。

(2) アポロンなどの神への呼びかけ。ここでは「そうなりますように」といった感情の表現。

(3) 第十一歌のポリュペモスは、自分の容貌ゆえにガラテイアにきらわれると考える（三一、三二行）。なお第三歌八、九行参照。

(4) パリ島の大理石は白さで有名。

(5) 魔よけの仕草。水に映った自分の姿を見ていると魅入られ

老婆コテュッタリス[6]が教えてくれたことだから。
こううたってダモイタスはダプニスに接吻した。
[7]それからシュリンクス笛を与えると
ダプニスはきれいなアウロス笛を贈った。
ダモイタスがアウロスを吹き、ダプニスがシュリンクスを吹くと
すぐさま仔牛たちが、やわらかい草地で踊りはねた。
歌競争の勝利者はいない。どちらも負けない名手だったから。

るとの俗信があったと思われる。つばを吐くというまじないは、第七歌一二七行と第二十歌一一行にも見られるが、魔的危険を避けるために行なわれる呪術的行為。

（6）まじないや、占いをする老婆。トラキアの女神コテュスもしくはコテュトに似た名前。この女神の祭儀はキュベレのものにちかい。

（7）四一行は第十歌一六行が誤って入り込んでいるので削除。「ついこのあいだヒッポキオンのところの刈り入れで、調子づけの笛を吹いてくれた」。

第七歌　収穫祭(1)

あるときのこと、ぼく(2)とエウクリトス(3)は
三人目のアミュンタス(4)と町(5)を出てハレイス(6)に向かった。
というのも、女神デオ(7)のため
プラシダモスとアンティゲネスが収穫祭を催したのだ。
二人ともリュコペウス(8)の息子で、
クリュティア(9)とカルコンその人の血を引く
高貴な人のなかでもすぐれた家柄。
カルコンがひざを岩にぐっと押しつけ足元に湧出させたブリナの泉(10)には、
ポプラと楡の木が緑の葉を天井のように茂らせて、陰の濃い苑を編み出し
　ている。

(1) 一人称の語り手とその友人がコス島の収穫祭に赴き、途中で牧人詩人と歌をうたい合う。
(2) この詩の語り手シミキダスは、テオクリトス自身、もしくは分身であるとの解釈がある。
(3) 語り手の友人。
(4) 一三二行でアミュンティコスと小辞がつけられ「美しい」と形容されているところから、年若くあこがれの対象。
(5) コス島の東北にある港町コスのこと。
(6) コス島の地名もしくは川。
(7) 豊穣の女神デメテルのこと。
(8) コス島の貴族。
(9) メロプスの娘。海神ポセイドンの息子でコス王エウリュピュロスの妻。カルコンの母。
(10) コス市の西南にある泉。現在のヴーリナ。カルコンが泉を湧出させた伝説はこの箇所のみ。

道のなかばもいかず、ブラシラスの墓(11)も見えないところ
歌女神のおかげで、キュドニア(12)生まれのすぐれた男が
道を来るのに出会った。
リュキダスという名で山羊飼だが
見れば山羊飼そのもので見まちがえようがない。
毛のみっしり生えたもじゃもじゃの黄色い山羊皮を肩からかけ、
その皮は新しい凝乳(13)の匂いがする。
胸のまわりに古い上着を幅広の帯でしめ
曲がった野生オリーブの枝を右手にしていた。
ゆったり微笑み、目をきらめかせ
唇に諧謔を浮かべ話しかけてきた。
「シミキダス、この真っ昼間、いったいどこへ足を向けるのだ。
トカゲも壁の割れ目にもぐり、
墓守りヒバリも見えない(14)時刻なのに。
呼ばれない饗宴に押しかけるのか、
それとも町のだれかの酒宴に急ぐのかい。
君が歩くと、石がみんな靴にあたって、歌をうたっている(15)」。

一〇

(11) この墓については不詳。
(12) クレタ島にこの名前の町があるが、これはコス島の小村の名前か。
(13) 仔牛や仔羊の胃からとる凝乳酵素レンネット。チーズをつくる際のにがり。

二〇

(14) トカゲやヒバリも休む暑さのさかりに。
(15) 靴をはいた町者の不器用な歩き方をからかったのか。

彼に向かってぼくは言った。「親しいリュキダス、みんなが言っているが、
君は牧人や農夫のうちで、とびぬけて笛がうまいそうだ。
それを聞いてとてもうれしい。
でもぼくだって、同じくらいにできると思っている。
じつは収穫祭に行く途中なんだ。
友人たちが衣美しいデメテルに
祝宴を催し恵みの初穂をささげる。
女神が穀物で、脱穀場を豊かに満たしてくださったのだから。
だが、さあ、道も時もいっしょだ、牧人の歌をうたおう。
おたがいに得るものがあるだろう。
だってぼくの声には歌女神のあかるい響きがあって
みんながぼくもすぐれた歌い手だと言っている。
でもそれを、神かけて、すぐ信じるわけではない。
あのサモスのすぐれた歌人シケリダス(1)や
ピリタス(2)をしのぐとは思っていないからだ。
カエルがコオロギと競うようなことだもの」。
とこう言ったのも、よく考えてのこと。

(1) サモス島出身のアスクレピアデスのこと。初期ヘレニズム時代の大詩人だが、残存作品はエピグラムのみ。

(2) コス島出身の学者詩人。アレクサンドリアで活躍。作品は断片のみ残存。

(3) リュキダスは二人の詩人の名を聞き、シミキダスが同じ詩流の歌人だと確認して喜ぶ。トロイア戦争をうたったホメロスの亜流で長編叙事詩をうたうのではなく、牧歌の主題で短く精錬された詩を目標にするというのがシミキダスとリュキダスの主張。

(4) コス市南西の丘陵の最高峰ディケオ山のことと思われる。

(5) ホメロスのこと。

(6) 長大な叙事詩をつくって偉大な詩人を模倣しようとする当

山羊飼はうれしそうに笑って言った。
「君は本当にゼウスが真実のために生やした若枝だから、この杖をあげよう。[3]
ぼくだって、オロメドンの山[4]みたいな家をつくろうとする大工や
キオスの歌い手[5]に並ぼうとがなりたて
無益な努力をする歌女神の鳥たちがだいきらい[6]。
だが、さあ、早速、牧人の歌をはじめよう、シミキダス。
ぼくだって……まあ、いいから、みてくれたまえ。
このあいだ山でつくった小さな歌が、君の気に入るかどうか。

「リュキダスの歌」

アゲアナクス[7]のミュティレネ[8]への船旅は
たとえ夕べに山羊座[9]がのぼり、南風が波をうねらせ
オリオンが太洋に足をひたす季節[10]であろうとも
アプロディタに焼かれるリュキダスを救ってさえくれるなら[11]無事だろう。
彼への恋の想いが私をじりじり焦がしているのだ。
カワセミ[12]が波も海もしずめてくれよう。

時の歌人への批判。
(7) リュキダスの恋する少年。
(8) レスボス島東岸の大きな町。
(9) この星座が夕べにのぼるのは九月二十七日から十月四日の間。嵐が多く航海には不適切な季節。
(10) オリオン座が海にかかるのは十一月七日以降。航海に不適切な時季。
(11) リュキダスの片恋にこたえなくてもよい。不適な時季に船旅を強行してでも目の前から消えてくれれば、苦しい想いがやわらぐだろうから。
(12) 海で難破した夫ケユクスの死を悲しんだハルキュオネは夫とともにこの鳥に変身した。オウィディウス『変身物語』第十一巻七四〇行以下参照。「波をしずめる」のは、海の凪ぐ冬至の時期に営巣するから。

深い海の底の藻草までかきみだす南風や東風でも。
カワセミは潮から漁《すなど》る鳥のうちでも
ネレウスの蒼い娘たち(1)のいちばんお気に入り。
ミュティレネへと海を渡るアゲアナクスが
すべて時宜かなう、よい航海を経て港に着きますように。

その日私は、アニスやバラや
ストック(2)の花冠を頭にのせ
プテレア(3)産の酒を瓶から汲んで火のそばに横になり
だれかが豆を火であぶってくれる。
草のしとね(4)に、ひじまで積み上げるのは土木香《どもっこう》(5)、
ツルボラン(6)、ふわふわちぢれたミツバ。
そして、おだやかにアゲアナクスを思い出しながら
杯の底の澱まで唇をつけて飲む。
二人の牧人が笛を吹いてくれる。一人はアカルナイの、もう一人はリュコ
　ペの者。
となりでティテュロス(7)がうたうだろう。

(1) 海の老人の娘ネレイデス。海のニンフたち。
(2) 和名アラセイトウ。香りの高いアブラナ科の多年生植物。
(3) コス島の地名と思われる。
(4) 花冠もしとねも鎮静効果のある香りの強い植物でできている。
(5) 和名オオグルマ。匂いの強い植物。
(6) ギリシア語でアスポデロス。不凋花とも訳される。南欧産ユリ科。
(7) 牧人詩人と想定されている。創造か実在か不明だが、第三歌にも同名の人物が登場する。

むかし牛飼のダプニス(8)がクセネアに恋をしたとき
山は悲しみ木々が嘆いた。ヒメラ(9)の川辺に生える樫の木が
高峰ハイモス(10)の嶺《みね》の雪のようにやつれるダプニスを見て。
それともアトス(11)かロドペ(12)か
世界の果てのカウカソスの山陰の雪が消えゆくように。
次にうたうは、むかし大きな箱に山羊飼が閉じこめられたこと。
不遜な主人のむごいしわざで生きたまま。
すると団子鼻の蜜蜂が野原から飛んできて
甘い香りの杉箱の中、やわらかい花々で彼を養った。
歌女神が甘美な美酒を彼の口にそそいだものだから。
ああ、幸せなコマタス(13)よ、あなたは好運だった。
箱に閉じこめられても、蜂の蜜巣《みつそう》で養われ、
春をよく生きぬいた。
ああ、あなたがいま生きる人の数のうちにあればよいのに。
そうすれば、あなたのために山できれいな山羊に草を食《は》ませ
歌声に耳をかたむけよう。あなたは樫か松の根元に横になり
甘い歌をうたうだろう、神々しいコマタスよ」。

(8) シチリア地方の神話的牧人詩人。第一歌参照。
(9) シチリアの川。
(10) トラキアの山地。
(11) カルキディケ半島の最高峰。
(12) トラキアの山地。
(13) 神話的牧人詩人。子細不詳だが、以下のような伝説があったらしい。コマタスが歌女神に山羊をささげて主人の怒りをかった、もしくは主人の妻の歓心をかったため箱に閉じこめられたが、彼の甘い歌を聞いて飛んできた蜜蜂に救われた。

彼がこのようにうたって終えたあと、こんどはぼくが彼に言った。
「親しいリュキダス、たくさんのよいことをニンフたち(1)が、
山で牛を飼っていたぼくにも教えてくれた(2)。
この評判は、きっとゼウスの玉座までのぼっているだろう。
だがまあ、なによりもいちばんいいやつを、君に敬意を表して
歌いはじめよう。君も歌女神に親しい者なのだから聞いてくれたまえ。

「シミキダスの歌」

シミキダスに愛の神たちがくしゃみして(3)
あわれな彼はミュルトに、山羊が春するような激しい恋を抱く。
だが彼のもっとも親しい友アラトス(4)は、心の底から少年にあこがれている。
このことを、あのアリスティス(5)が知っている。
ポイボスさまさえ三脚のかたわらで琴と歌を許されるであろう
たいした男で、飛び抜けたすぐれ者、あのアリスティスが知っている。
いかにアラトスが骨の髄まで少年に焦《こが》れているか。
パーンよ、慕わしいホモレ(6)の地の神よ、あの子が自分で

(1) 歌女神ムーサイのこと。

(2) ヘシオドス『神統記』でも羊飼だったヘシオドスがムーサイによって詩人に召命される。

(3) 吉兆か凶兆のいずれでもありうるが、シミキダスが恋に陥ったという意味。彼は少女ミュルトを恋し、親友アラトスは少年ピリノス(一〇五行)にあこがれる。

(4) テオクリトスの友人。第六歌でも呼びかけられている。

(5) 「最良の男」という意味のアリストスという名にかけてある。この名の詩人は不明。テオクリトス自身のことだとの説もある。以下では、琴を奏でる音楽の神ポイボス・アポロンが自分の神殿の三脚のそばで演奏を許すほどの技量をそなえていると讃えられる。

(6) テッサリアのオッサ北方に

わが友の愛する腕にとびこむように(7)してください。
軟弱なピリノス(8)でもいいし、他の子でもいいから(9)、
パーンの神よ、もしそうしてくれるなら、これからもう
アルカディアの若者たちが、あなたの脇腹や肩を、
肉が少ししか手に入らないからといって海葱《かいそう》(10)で打ちたたく(11)ことがないでしょう。
でも、願いをかなえてくれないならば、体中かみつかれ
くぎでひっかかれてイラクサのなかにころがされるでしょう。
冬のさなかにエドニス人(12)の山に住み
大熊座に近いヘブロス川(13)に向かう。
夏には遠いエチオピアで家畜を追って
ナイル川も見えないブレミュエス(14)のさまよう崖の下。
愛の神たちよ、来てください。ビュブリスやヒュエティスの甘い泉(15)から来てください。
金髪の女神ディオネの神殿そびえるオイクス(16)からも。
紅のリンゴにも似た愛の神たちよ、
あこがれ誘うピリノスを、矢でもって射てください。

ある山と町の名。
(7) 少年が自発的に応ずるようにとの願いはあまりに非現実的で、実現の不可能性がかえって強調される。
(8) アラトスの愛する少年。
(9) 錯綜した願いは、恋の対象が特定の少年にかぎらないこと、また恋の苦しみからの解放が非現実的なほど困難であることを示す。
(10) ユリ科の多年生植物。第五歌一二一行註参照。
(11) 狩猟や牧畜成功祈願の儀式。パーンの像をたたいたり転がしたりして狩りの獲物の増強や家畜繁殖を促す。
(12) マケドニアとトラキアの間に住む民族。
(13) 現マリツァ川。ブルガリアから北に流れる。北極星を含む大熊座は北の果てをあらわす。

私の友を憐れまないひどいやつを射てください。
ああ、ほんとうに、彼も梨より熟《う》れて
女たちが「ああ、ピリノスのさかりの花もすぎていく」と言う。(1)
もう彼の家の戸の前で待つのはやめよう、アラトス。
足をすりへらすのをやめよう。雄鶏が鳴く翌朝を、
凍えた体で迎えるのは、ほかのやつにまかせよう。
こんな試練に耐えるのはよっぽどタフな者だけだ。
ぼくたちは心をしずめ、まじないの老婆に悪いものを
つばを吐いて(2)追い払ってもらおう」。

こううたった。すると彼はうれしそうに笑って
歌女神の友情のしるしに杖をくれた。
それから左にまがってピュクサ(3)への道をたどっていった。
ぼくとエウクリトスはプラシダモスの宴へと足を向け
美しいアミュンタスとともに高く積み上げられた草のしとねに
心も楽しく身を横たえた。
甘い香りの藺草と、刈ったばかりのブドウの葉(4)の上に。

(14) エチオピアの遊牧民。
(15) ミレトスの泉。アプロディテの神域。
(16) ミレトス近くのカリアの町。ディオネ・アプロディテ神殿がある。

---

(1) 愛される一方の美少年もさかりを過ぎれば、こんどは自分が愛の神の矢に射られ愛する側になって恋の苦しみを味わうようになる、の意。
(2) 魔よけのまじない。第六歌三八行および第二十歌一一行参照。
(3) コス島の地名。
(4) この葉は暑い時には冷たく心地よい座となる。

頭上にはポプラと楡の枝葉がそよぎ
近くには清い泉がニンフの洞から、
さらさら流れ出る。
枝陰では日に焼けたセミたちが、
声を張りあげ力いっぱい鳴きたてる。
山鳩(5)が遠いアザミの藪《やぶ》から低い声を響かせ
ヒバリとアザミ鳥がうたい、鳩がうめくように鳴く。
そして黄色い蜂が泉のまわりをブンブン飛び回る。
すべてがまことに豊かな実りと収穫の香りに満ち
梨が足元に、リンゴがわきに惜しげなく転がり
実もたわわなスモモの枝が
地面に向かってしなだれる。
四年ものの酒樽の封印が樽の口からはずされる。
パルナッソス山(6)に住む、カスタリアのニンフたち(7)よ、
かつてポロス(8)の岩屋で老いたるキロン(9)が
ヘラクレスに供した酒壺とはこのようなものだったのか。
またアナポス川(10)のほとりで、巨岩を船に投げつけたあの荒くれ羊飼ポリュ

(5) 原語オロリュゴーンはカエルである可能性もある。
(6) デルポイの神山。
(7) デルポイの泉カスタリアに集うムーサイのこと。
(8) 半人半馬のケンタウロスの一人。ヘラクレスに強要されて秘酒を供したが、酒の匂いをかいで来たケンタウロスの争いに巻き込まれ毒矢で命を落とす。
(9) おおかたの伝説では酒を供したのはポロスで、キロンはかかわらない。しかし彼も別の情況下で、ポロスと同じくヘラクレスの毒矢に当たり、不死の命を他にゆずって毒の苦しみから逃れたという。
(10) シチリア島の川。第一歌六八行註参照。

ペモス(1)を
洞窟で足取り軽い舞に誘ったのは、このような美酒(2)だったのか。
ニンフたちよ、あなたがたがあのとき収穫の女神デメテルの祭壇のかたわ
らで
混ぜ合わされた(3)のは、そのような飲み物ではなかったか。
ふたたびあのように、神の恵みの穀物の山に
大きな箕《み》を突き立てたいものだ。
両手に初穂と芥子《けし》もつ女神が微笑みかけてくださるときに。

(1) この一眼巨人はオデュッセウスに酒を飲まされ、眠りこんで眼をつぶされ怒り狂い、彼の船に巨岩を投げつける(ホメロス『オデュッセイア』第九歌四八一行参照)。しかしここでは人食いの荒くれ者でさえ歌と舞に誘う、つまり無骨な怪物でさえ詩に目覚めさせることのできるニンフの芸術的(ムーサ的)な飲み物の効用が強調されている。

(2) 収穫祭の飲み物が、神話の名酒との比較で称賛される。

(3) ギリシアで酒は生のままでなく水と混ぜて飲用される(第二歌一五一行註参照)。泉のニンフはブドウ酒に加える美味な水を提供して理想的な飲み物を混ぜ合わせた。同時に歌女神ムーサイでもある彼女らはその場に芸術・詩的状況を生み出しもした。

第八歌　ダプニスとメナルカス1（1）

牛を追ううるわしいダプニスに羊飼のメナルカスが
高い山で会ったそうだ。
二人とも若く、二人とも火色の淡い髭をはやして
二人とも笛と歌が得意だった。
最初にメナルカスがダプニスをみて話しかけた。

メナルカス
鳴き声大きな牛の守り手ダプニスよ、ぼくといっしょに歌わないかい。
やりたいだけうたえば、君に勝ってみせるよ。

これに対してダプニスは次のようなことばで答えた。

（1）テオクリトスの『エイデュリア』には数編の偽作が混じるが、この第八歌は第五歌、第六歌に触発され模倣したらしい偽作。古代には真作とされた。ダプニスは牛飼で伝説的牧歌詩人。メナルカスは牧人詩人。この二人が歌合戦をしてダプニスが勝つ。ウェルギリウスが『牧歌』第三歌三二行以下、第七歌の歌合戦描写で用いている。

ダプニス
毛深い羊の牧人、笛吹きメナルカスよ、
苦しくなるまでうたったってぼくは負かせないよ。

メナルカス
やってみるかい。賞品を賭けるかい。

ダプニス
やってみよう。賞品も賭けるよ。

メナルカス
なにを賭けるの。ちゃんとした賞品だよ。

ダプニス
仔牛を賭ける。君は母羊くらいに育った仔羊を賭けろよ。

メナルカス
仔羊はだめ。父さんがうるさいし、母さんもさ。
夕方、羊を数えるんだ。

ダプニス
じゃあ、なにを賭ける？　勝ったらなにがもらえるの。

メナルカス
きれいな笛だ。ぼくがつくった九本管で
白い蠟で上も下もそろえてつけてある。これを賭けよう。
でも父さんのものは賭けないよ。

ダプニス
そうかい。ぼくにも笛がある。九本管で
白い蠟で上と下をきれいにつけてある。
新しく作ったものさ。
割れた葦で傷ついた指がまだ痛い。

メナルカス

でも審判はだれにしよう。だれが聞いてくれるかな。

ダプニス

あそこにいる山羊飼を呼ぼう。

彼の仔山羊に向かって、白い犬が吠えている。

少年たちが呼ぶと山羊飼が聞いてやってきた。

少年たちがうたい、山羊飼は審判することになった。

くじ引きで、最初に澄んだ声もつメナルカスがうたい、

それからダプニスが応えて交互に牧人の歌をうたうのだった。

まずメナルカスが次のようにはじめた。(1)

メナルカス

谷よ、川よ、神のごとき族《やから》よ、

笛を奏《かな》でるメナルカスが親しみこめてうたうとき、

ぼくの仔羊を心にかけて養っておくれ。

(1) この歌合戦は、両者がまずエレゲイアの韻律で、牧人の仕事と恋というふたつの主題について四行ずつうたう。

三〇

そしてダプニスが、牛を連れてやってくるならば、彼も同じ配慮をしてもらうがよい。

ダプニス

泉よ、野原よ、甘い草よ、
ダプニスが、あの小夜鳴き鳥のように奏でるときは、
この牛を太らせておくれ。
そしてメナルカスがここに来るならば、どの飼料も充分で喜ぶがよい。 四〇

メナルカス

羊がそこでは、山羊がそこでは双仔を生み 四五[2]
蜜蜂がそこでは巣を満たし、木々が高く育つ。 四六
うるわしのミロン[3]が歩むところ。 四七
だが、彼が去ると、そこでは牧人も野も枯れかわく。 四四

ダプニス

どこも春、どこも草原、どこも乳が 四一

(2) 行の移動は Gow にしたがう。
(3) メナルカスの恋い慕う少年。

四二 乳房からほとばしり、若牛は満ち足りる。
四三 うるわしのナイス(1)がやってくるところ。
四八 だが、彼女が去ると、そこでは牛飼も牛も衰える。

メナルカス

四九 白い牝山羊に連れ添う牡羊よ、深い森の奥に行き、
五〇 ――こらこら、おまえたち鼻ぺちゃの仔山羊は水の辺に行け。
森にミロンがいる、曲がり角よ、そこへ行って伝えておくれ。
ミロン、プロテウス(2)は神だけど、アザラシを飼っていたと。

……………………(3)

メナルカス

ペロプス(4)の領地もクロイソス(5)の宝もいらない。
風のように速く走れなくてもいい。
崖の下でおまえを腕に、うたいたい。
草はむ群れとシチリアの海を眺めていたい。

(1) ダプニスの恋人。九三行参照。
(2) 森にいるミロンは木こりかと推測され、羊飼の匂いを嫌うらしい。そこで海の神プロテウスは、もっと匂いのきついアザラシを飼っていたと口説く。
(3) この箇所にダプニスの歌が入るはずだが欠如。
(4) ペロポネソス半島の名祖。広い領土をもつ。
(5) 前六世紀リュディアで富み栄えた王。

ダプニス

木々には嵐が恐るべき災い、泉には日照り、鳥たちには罠、野の獣には網、
男にとってはやさしい乙女へのあこがれが不幸。
父よ、ゼウスよ、ぼくだけが恋に陥っているのではない。
あなたも女人を愛される。

こんなふうに少年たちは交互にうたった。
最後の歌(6)をメナルカスは次のようにはじめた。

メナルカス

狼よ、仔羊を取らないでおくれ、母羊も取らないで、
ぼくは小さいのに、たくさん飼っているのだから襲わないでおくれ。
おお、犬のランプロスよ、そんなにぐっすり眠っているのかい。
子どもと牧場にいるとき、ぐっすり眠ってはいけないよ。
羊たちよ、やわらかい草を食《は》みつづけなさい。
おまえたちがくたびれる前にまた生えてくる。
さあ、食べて食べて乳房をみないっぱいにしておくれ。

(6) ダクテュロス・ヘクサメトロンで、歌合戦の締めの歌をうたう。

仔羊にやる分もあり、チーズ籠も満たせるように。
次にダプニスが、また澄んだ声でうたいはじめた。

ダプニス

ぼくのことも、きのう眉毛濃い乙女(1)が洞窟からのぞき見て、
牛を追って通るぼくに「すてきよ、すてき」と呼びかけた。
でもぼくは冷たい返事さえせずに、
下を見ながら道をつづけた。
仔牛の声は甘く、息も甘い。
[仔牛も親牛も甘く鳴く。(2)]
夏は、流れる水のそばで眠るのも甘い。
ドングリは樫の木の誉《ほま》れで、リンゴはリンゴの木の誉れ。
仔牛は牝牛の誉れで、牝牛自身は牛飼の誉れ。
こんなふうに少年たちはうたい、山羊飼が審判をくだした。

(1) 二本の眉がつながって一本になるほど眉毛の濃い様子。美人の要素のひとつだったらしい。第三歌一八行参照。

(2) 七七行は第九歌七行から誤って挿入された。

山羊飼

君の口は甘く、声は快い、ダプニスよ、
君がうたうのを聞くのは、蜜をなめるよりもいい。
笛を取りたまえ、君の歌が勝った。
ぼくといっしょに家畜を追って、ぼくにもなにか教えてくれるなら
あの曲がり角の山羊を授業料にあげよう。
乳桶の縁を越えるほど乳を出すやつさ。

勝った少年がなんと喜び、手をたたいて跳び上がったことか。
仔山羊が母山羊のそばで飛び跳ねるように。
もう一人の少年の心は、なんと傷つき憂いにしずんだことか。
婚礼直後の花嫁が悲しむように。
これ以来、ダプニスは牧人のなかでもっともすぐれたものとなり、
まだ若いうちにニンフのナイスと結ばれた。

第九歌　ダプニスとメナルカス2(1)

牧人の歌をうたっておくれ、ダプニスよ、君がはじめにうたって
歌をはじめておくれ、ダプニスよ、そのあとメナルカスがつづけるのだ。
まず、仔牛を親牛のところに、牡牛を牝牛のところにやっておこう。
こいつらが、いっしょに草をはみ、群れを離れず、草むらをうろつくように。
そして、君はそこから牧人歌をうたってくれる。
メナルカスはあちらから返歌をするのだ。

ダプニス
甘く鳴くのは仔牛だが、親牛も甘く鳴く。
甘くひびくは葦笛と牧人の歌。そしてぼくも甘くうたう。

(1) 偽作。第八歌の模倣の可能性がある。古代には真作とされた。二人の牧人が牧人の生活を夏も冬も快適だとうたい、歌の語り手が牧歌を賞めたたえる。ウェルギリウス『牧歌』第七歌五〇―五二行、第三歌五八行参照。

涼しい流れのそばに、ぼくのしとねがあって、白い若牛のきれいな皮が
敷きつめてある。みなイチゴ木(2)をはんでいたとき
南風に崖から吹きとばされた牛たちだ。
夏の暑さは少しも気にならない。まるで恋するものが
父のことばも母のことばも聞かないように。

このようにダプニスがうたってくれた。次はメナルカスの歌。

メナルカス

エトナ山はぼくの母。そしてぼくはきれいな岩の洞窟に住んでいる。
夢のようにたくさんの持ち物は
たくさんの羊とたくさんの山羊。
その毛皮が枕元にも足元にも敷いてある。
樫の木の燃える火には腸詰が煮え
冬には乾いたドングリがあぶられる。
寒くても気にとめない。粉菓子のあるとき、
歯の無い男が堅い木の実を無視するようなもの。

（2）シャクナゲ科の常緑灌木で赤い実をつける。第五歌一二九行参照。

私は二人に拍手して、すぐ贈り物をした。
ダプニスには杖。父の地所に生えた木だが自然の妙で
職人だって文句のいいようがないほどのもの。
もう一人には貝殻で、イカロス[1]の岩場で私自身が見つけ、
肉はその場の五人で食べたが、彼はこの巻貝を吹き鳴らした。
牧歌のムーサイ、ごきげんよう、歌をひびかせてください。
かつて私があの牧人たちとうたった歌をひびかせてください。
舌の先の腫れ物[2]を大きくしないでください。
セミにはセミが、アリにはアリがしたわしい。
鷹には鷹が、私には歌女神と歌がしたわしい。
歌ならば家いっぱいあってもいい。眠りだってこれほど甘くない。
突然やってくる春だって、蜂にとっての花々だって甘くない。
こんなにもムーサイは私にしたわしい。
彼女らの喜ばしい瞳で見つめられる者はキルカ[3]の飲み物に損なわれること
がない。

(1) コス島の北西百キロにあるイカロス島。もしくはナクソスとカリアの間のカリア海。シチリアの地名という説もある。

(2) 嘘つきの罰にできる腫れ物。第十二歌二四行にも似た表現がある。

(3) 太陽神の娘で魔女キルケ(キルカはドリス方言)。キルケのつくる飲み物は男たちを動物に変身させる。第二歌一五行参照。

第十歌　刈り入れ人(1)

ミロン
農夫のブカイオス、どうしたんだ、かわいそうに。
昔のように、きっちり刈れてないじゃないか。
となりといっしょに刈らないで、遅れている。
群れのなかの、足にとげ刺した羊のように。
夕方まで、もつかい。昼が過ぎたらどうなるんだ。
いまはじめたばかりで、列に追いつかないなんて。

ブカイオス
ミロン、あんたは堅い岩のかけらでできていて、夜までだって刈っていられる。

(1) 原題は「農夫または刈り入れ人」。穀物の刈り取りに雇われた農夫の一人ブカイオスが恋に悩み、仕事に集中できない。監督格のミロンが、少々荒っぽくはげまし、ブカイオスに恋人讃歌をうたわせたあと、自分のほうは農夫の労働歌を披露。

なにか遠くのものにあこがれたことなんてないのかい。

ミロン
一度もない。働く男にそんなあこがれがなんになる。

ブカイオス
恋のせいで眠れなかったことはないのかい。

ミロン
ないようにしてもらいたいものだ。犬が肉の味をおぼえたら引き離すのは大変だ。

ブカイオス
だがぼくは、ミロン、もう十一日も恋してる。

ミロン
やっぱりまだ樽がいっぱいなんだなあ。こっちは、もう酢でさえ充分残っ

ちゃいない。(1)

ブカイオス

だから扉の前は、種まき以来、雑草だらけ。(2)

ミロン

どの子が悩みの種なのかい。

ブカイオス　　　　　　ポリュボタスのところの雇い女。(3)

ついこのあいだヒッポキオンのところの刈り入れで、調子づけの笛を吹いてくれた。

ミロン

神が罪人を見つけられたわけだ。(4) 前からの願いがかなったじゃないか。

これからは、藁《わら》しべバッタが、おまえの夜を慰めてくれるだろう。

(1) ブカイオスは若くて、まだワインのたくさん入った樽から汲んでいるが、ミロンの樽は底が見えていて、残りの酒も酢になりかかっているという意味。

(2) 恋患いですべてが放りっぱなしの状態。

(3) ミロンのせりふと合わせて一行。

(4) やせて色の黒いあんな女に恋するのは何の因果かといった意味か（二七行参照）。または「神はどこかに犠牲者を見つけることよ」といった解釈もできる。

ブカイオス

からかいだすんだな。目が見えないのはプルトス[1]だけじゃない。
容赦ないエロスもそうなんだ。だから大きな口はきくなよ。

ミロン

大きなことを言ってるわけじゃない。まあ麦束を置いて
その子への愛の歌をうたってくれよ。そうすれば仕事も楽になる。
おまえは前から歌うたいだったじゃないか。

ブカイオス

ピエリア[2]のムーサイよ、いっしょにあのほっそりした少女のことを
うたってください。あなたがたは触れたものをみな美しくなさいます。
なんともやさしいボンビュカ[3]よ、みんなはシュロス女[4]のようで
日焼けしたやせっぽちだと言うけれど、ぼくにとっては蜜の色。
スミレは黒いし、花びらにしるしのついたヒアシンス[5]も黒い。
それでも、花冠にはいちばん珍重される。
山羊はクローバーを追い、狼は山羊を追い、

(1) プルトスは地下の富の神で、目が見えないとも言われる。アリストパネス『プルトス』参照。

(2) オリュンポス山の北の山地で、ムーサイの生地といわれる。

(3) 他に類例を見ないめずらしい名前。ボンビュクスという笛に関係すると思われる。

(4) シュロスはキュクラデス諸島の島のひとつ。シュロス女のようとは肌の浅黒さゆえか。

(5) ヒアシンスの花弁には「アイ(ＡＩ)」と嘆きの声がきざまれ、自刃したアイアスまたは美青年ヒュアキントスを嘆くことばとされる。現代のヒアシンスではなく別種の花と思われるが、諸説あり同定困難。

鶴は鋤《すき》を追うが、ぼくは君に夢中。
クロイソス(6)の宝がぼくにあったなら
黄金ずくめの二人の像をアプロディタにささげられるのに。
君はバラかリンゴと笛を手に持って、
ぼくは新しい服とアミュクライ(7)風の新しい靴。
なんともやさしいボンビュカ、すらったとした足に
うっとりするような甘い声。君をあらわすことばが見つからない。

ミロン

まったくいい歌をブーコス(8)はこっそりつくっていたもんだ。
なんともうまく形を調子(9)にあわせてさ。
おれの髭なんか、無駄に伸びたものよ。
じゃあ、この神々しいリテュエルセス(10)の歌も聞いてくれ。

豊かな実りと作物をもたらす女神デメテル、
この穀物の刈り取りがうまくゆき、できるだけ豊作でありますように。
結び手よ、麦束をしっかりゆわえるんだ。だれかが通りかかって

(6) 富み栄えた王。第八歌五三行参照。
(7) スパルタ近くの町。
(8) ブカイオスの短縮形。
(9) ダクテュロスの韻律。
(10) 伝説的なプリュギアの農業の推進者。労働歌の作者と伝えられ、多くの歌が彼の名を冠している。

「役立たずなやつらめ、払った金も無駄だった」と言わないように。
刈り取った束の切り口は北風か西風に向けるといい。
そうすれば穂が熟す。
脱穀するときは昼寝をしない。
この時刻には、籾《もみ》がいちばん茎から離れやすい。
刈り入れ人はヒバリが目覚めるときにはじめ、眠るときに終えるが、
燃える暑さのもとでは休め。
カエルの暮らしはいいものさ、なあ、おまえたち。
飲み水汲む者のことを気にしない。まわりに充分あるんだから。
けちんぼの監督さん、もっとおいしいレンズ豆を煮ておくれ。
クミン(1)を刻むときに、手を切るなよ。

陽の下でしっかり働く男たちは、こういうのを歌わなくちゃいけない。
ブカイオス、腹を空かせた恋の歌は
おふくろが眠れないとき、きかせてやれよ。

(1) 原語はキュミノン。セリ科の香辛料。極小粒のクミンでさえ刻むとは、過度な吝嗇の表現。

第十一歌　キュクロプス[1]

エロスを癒す薬はほかにない、ニキアスよ、[2]
思うに塗り薬も粉薬もない。
ピエリアの女神[3]のみが人の痛みをやわらげ甘くする。
でも、たやすく見つかるわけではない。
医者の君には良くわかっているだろう。
そのうえ君は他にすぐれてムーサイに愛される身。
私の邦《くに》のキュクロプスもそうやって切り抜けたのだ。
いにしえの人ポリュペモス[4]は
最初の髭が唇のまわりと頬に生えだしたとき、ガラテイア[5]に惚れ込んだ。
けれどもリンゴだバラだ巻き毛[6]だと惚れただけでなく
真の狂気に陥って他のすべてを顧みようとしなかった。

（1）一眼巨人キュクロプスの一人ポリュペモスの失恋と、歌による癒しが主題。

（2）テオクリトスの友人で医者にして詩人。彼に向かって、恋の病の薬は詩歌のみと、一眼巨人の恋を例示して告げる。

（3）ムーサイ。

（4）一眼巨人キュクロプスの一人で、海神ポセイドンとポルキュスの娘トオサの息子。テオクリトスと同郷といわれているのは、シチリア島生まれだから。第六歌六行および註参照。

（5）海のニンフ。波の泡を思わせる白い乳（ガラ）のような肌をもつとされる。

（6）愛のあかしの贈り物。

羊たちは緑の野からたびたび自分たちだけで囲いに帰ったが
彼はひとり海藻の散らばる浜辺で思い悩み、
ガラテイアにうたいかけていた。
朝も早くから、胸には強力なキュプリス(1)が胸に射こんだ憎むべき傷。
けれども、彼には癒しが見つかった。
というのも高い崖に座りこみ
海を見おろし次のようにうたったのだ。

「白く輝くガラテイアよ、恋する私をおまえはどうして遠ざける。
クリームより白く仔羊よりもやさしい、
仔牛より気まぐれでまだ熟れない青いブドウの実よりつややかな
おまえはどうして、私が甘い眠りに落ちるとまたやってきて
甘い眠りが終わるとすぐ去ってゆくのだろう。まるで羊が灰色狼を見て逃げるよう。
あのとき私は恋に陥った。
おまえが初めて私の母(2)と、ヒアシンスの花を山の上で
摘《つ》みたいとやってきて、私は道を案内した。

(1) 女神アプロディテ。海で生まれてキュプロス島に上陸したため、キュプリスとも呼ばれる。

(2) ポリュペモスの母もポントス(海)の孫で、海と関わり深く、ガラテイアの案内を息子に頼んだ。このときが二人の唯一の交流。

あのとき会ってからというものは
いまにいたるまでやすらぎを失ってしまった。
それなのにおまえは気にもかけない、ゼウスにかけて少しも思ってくれない。

でも、かわいいおまえがどうして私を避けるのかわかっている。
額に太くて毛深い眉が一本、耳から耳へ通って
その下にはひとつだけの目とつぶれた鼻が唇の上。
こんな姿の私でも千匹の羊を飼っていて、
いちばんおいしい乳をしぼって飲める。
夏でも秋でも冬の終わりでさえも、
チーズがなくなることもない。
籠の中はいつもいっぱいなのだから。
それにキュクロプスのなかでいちばん笛がうまくて、
甘いリンゴちゃん、よく夜遅くまでおまえと私の歌をうたう。
それに十一匹の仔鹿をおまえのために飼おう。
みな首にはリボンをつけて。それから四匹の仔熊も飼おう。

だから私のところへおいで、ガラテイアよ
岸に波うちつける青い海を離れて。
私といっしょの洞窟の夜のほうが楽しい。
月桂樹が茂り、すらっとした糸杉が立つ。
濃い色のキヅタが巻きつき、ブドウには甘い実がたくさんなっている。
冷たい水もある、木々におおわれたエトナ山の輝く雪が
アンブロシア(1)のような飲み物となってほとばしる。
ここより海と波のほうがよいなどと、だれが言うだろう(2)。
おまえにとって私があまりにむさいというならば
火の中には固い丸太がいつも燃えている。
私の命もおまえのために焼いてしまおう。
それどころか何より大切な私の一眼《ひとつめ》さえも(3)。

母が私にえらを与えてくれなかったのは悲しい。
そうしたらおまえのところに潜っていって、おまえの手に接吻できるのに(4)。
くちづけを断わるならば白いユリの花(5)を持っていこう。
それとも、たたくとぽんと音のする真っ赤なケシの花(6)。

(1) 神々の口にするもの。アンブロシアが食べ物、ネクタルが飲み物とされることが多いが、前者は飲み物もいう。
(2) ポリュペモスの並べたてる陸の暮らしは、海に住むガラテイアを少しも惹きつけない。
(3) オデュッセウスにより、火で焼き固めた丸太でポリュペモスのひとつしかない眼はつぶされる。第六歌二一二行以下参照。
(4) ガラテイアが陸に来ないなら、ポリュペモスが海に行かねばならぬが彼には不可能。
(5) 原語クリノンはユリではなくバラか、白い水仙との説もある。
(6) 恋占いにつかわれる花。第三歌二九行参照。

でもひとつは夏の花、もうひとつは冬の花、
両方いっしょに持っていけない。(7)
本当にすぐにも泳ぎを習おう。
だれかが船に乗ってやってきたならば。(8)
深い海の底がどんなに良いところか知るために。
出ておいでガラテイア、ここに来れば
私と同様海へ帰ることなど忘れてしまう。
いっしょに羊を飼ったり乳をしぼったり、
にがりを入れてチーズを固めたりするのは楽しいよ。
母一人が悪いのだから恨んでやる。
私のことを、おまえによく言ってくれたことがない。
毎日毎日やせ細っていくのを見ているはずなのに。
頭から足の先まで熱があると言ったら心配するだろう。
私がこんなに苦しんでいるのだから、母も心配させてやろう。
おおキュクロプス、キュクロプス、おまえの頭はどこにいったのか。(9)
いいかげんにして籠を編み、

(7) 冬の花と夏の花をいっしょにできないように、ポリュペモスとガラテイアは共生できない。

(8) 船でやってきた最初の異邦人オデュッセウスにポリュペモスは、泳ぎを習うどころか、彼の部下を喰らい、あげくに眼をつぶされる。

(9) 歌のおかげで、愚かで危機的な自分の状況がはっきりし、分別（頭）をとりもどす時期だと明らかになった。

小枝を刈って仔羊のところに持ってゆく方がずっとよい。
手元の羊の乳をしぼるのだ。なぜ逃げるものを追いかける。
ほかにもガラテイアはいるだろう、もっときれいなのが。
私と夜を過ごそうという女の子はたくさんいる。
応えてやればみんなきゃっきゃと笑うだろう。
たしかに陸では私もひとかどの男なのだ」[1]。

このようにしてポリュペモスは歌でエロスの悩みをなだめたので、
医者に金を払うよりずっとうまくいったことだった。

（1）ポリュペモスは生きつづけるため現実と妥協する。

第十二歌　愛する少年(1)

やっと帰ってきたのか、愛する少年よ、三日目の夜も明けようというとき
やっと帰ってきたのか。焦《こが》れる者は、一日でも老いてしまうのに。
冬より春が、スモモよりリンゴが甘いように、
羊が自分の仔羊より毛深いように、
乙女が三度結婚した女にまさるように、
仔鹿が仔牛に比べて身軽なように、
すべての鳥の中でも小夜鳴き鳥がいちばんうまく澄んだ声でうたうように、
そのように君に会えてうれしい。
旅人が照りつける太陽から樫の木陰に向かうように、君のもとへと急ぐ
のだ。

（1）原語アイテースは「愛される者」「乞われる者」「望まれる者」の意味。一三、一四行参照。少年愛では、少年は「愛される者」で、崇拝者は「愛する者」と、一方通行の恋である。この歌でも崇拝者が愛する少年に向かってつらい思いを訴える。

愛の神々が私たち二人に同じ想い[1]をふきこみ
後世の人々みんながうたうようになればいいのに。
「いにしえに生きた二人の名高き男。
一人はアミュクライ人[2]も言うように『恋を吹き込む者[3]』で
もう一人はテッサリアのことばどおり『愛される者[4]』だった。
おたがいに愛し合い、同じくびきで結ばれていた。
愛され愛し返した黄金時代の男たちが再来したのだ」と。
父なる神よ、クロノスの御子、そして不老不死の神々よ、どうかこれをか
　なえてください。
そしてまた二百世代後に、もどる者のいないアケロン[5]のほとりに
だれかが知らせをもたらしてくれますように。
「あなたと、優しい恋人の愛のことを、いまみなが口にしています。
とくに若者たちが話しています」。

しかしまことに、このようなことは天上の神々が望むようになさるだろう。
だが私が君をうるわしいと褒めたとて
とがった鼻にうそつきニキビ[6]ができることはない。

（1）通常は、愛される少年が愛する者と同じ想いをもち相思相愛になることはない。しかし自分の場合が例外になればよいのにとの願望。
（2）スパルタ近くの地名。
（3）エイスプネーロス。「鼓舞する者（inspirer）」「恋する者」の意味。教え導く者との意味もあるかと考えられる。
（4）アイテース。九九頁註（1）参照。この語は「聞く者」との意味を含み、教えにしたがう者の意味とする解釈もある。
（5）黄泉の国の川。
（6）第九歌三〇行参照。

君はぼくに意地悪しても、すぐさま傷を癒してくれるし
二倍に報いてくれるから、すっかり満たされもどってこられる。

ニサイア(7)のメガラ人たちは、櫂を取っては最高の漕ぎ手たち。

あなたがたに幸いがありますように。

アッティカからの客人で、少年を愛したディオクレス(8)を、だれよりも奉ってくれたのだから。

毎年、春のはじめは墓のまわりに集まって、少年たちが接吻で賞を争う。

もっとも甘く、唇を唇に押しつけた者が
花冠をずっしりもらって母のもとに帰るのだ。

少年たちのそんな接吻を審判するのはしあわせもの。

きっと何度も輝かしいガニュメデス(9)に呼びかけたことだろう。

唇がリュディアの試金石(10)に等しくなるようにと。

両替商が、うそのないほんとうの黄金を知るための石。

(7) アテナイの西、サロニケ湾に位置する、メガラの港。
(8) エレウシスの支配者だったが、アテナイ王テセウスに追い出され、メガラに亡命した後、愛する少年をかばって客死したと伝えられる。彼に捧げられた接吻コンテストに関してはこの箇所以外に言及なし。
(9) トロイアの美少年。ゼウスが鷲の姿で天上に連れてゆき酌童子にしたという。
(10) 金属をこすりつけて筋の色で真の黄金を確認するという石。

第十三歌　ヒュラス[1]

エロスが神々どなたのお子であるにせよ[2]
われわれのためだけにおられると思っていたがそうではないのだ、ニキア
　ス[3]よ。
美しいものを美しいと思うのもわれわれが最初でもない。
あすの日も見通せない、死すべき人間のわれわれだけでない。
青銅の心臓をもつアンピトリュオン[4]の息子、
怒れる獅子を組み伏せたヘラクレスもまた、少年を慈しんだ。
巻毛のかわいいヒュラスに対して
父がいとしい息子にするよう、すべてを教え込んだ。
彼自身がかつて学んで、勲を歌われるようになったことを。
そして、日が中天にあるときも

（1）ヘラクレスに愛された少年。父はヘラクレスに殺されたドリュオペス人の王とされるが名前もはっきりしない。アルゴ船の航海に同行し途中で泉のニンフにさらわれた。この歌では、エロスの激しさと盲目性が、ヒュラスに対するヘラクレスの愛を例に語られる。ヒュラスをめぐる伝説はこれのみ。
（2）愛の神エロスの出生には諸説ある。ヘシオドス『神統記』では原初から存在する神で、父母をもたないが、後代ではアプロディテの息子とされる。第二歌七行、第十九歌等参照。
（3）テオクリトスの友人で医者にして詩人。第十一歌、第二十八歌、「エピグラム八」参照。
（4）アルゴス生まれのテーバイ王。アルクメネの夫でヘラクレスとイピクレスの父。もっとも

暁《あかつき》が白い馬を駆り、ゼウスの宮にのぼるときも
決してそばから離さなかった。
雛がピイピイ寝場所を探し、母鳥がすすけた止《とま》り木ではばたきするときも
少年が思うとおりの性格に、自分のもとで真の男に育つよう。
そして、アイソンの息子、イアソン(5)が
金羊皮(6)を求めて船出したあのときもそうだった。
高貴な勇士たちが行をともにした。
すべての町から選び抜かれた有能な男たち。
多くの偉業をなしとげたヘラクレスも豊かなイオルコス(7)へとやってきた。
ミデアの女アルクメネ(8)の息子。
彼にしたがいヒュラスも堅牢なアルゴ船に乗りこんだ。
黒く打ち合う岩(9)のあいだをすりぬけて
鷲のように一直線、深いパシス(10)の流れ込む広い湾に入り込む。
そのあと黒岩はもう動けない。
スバルがのぼり、遠くの牧場で仔羊が草をはみ、
もう夏が近づいた。
すると高貴な勇士たちも船出を考え

ヘラクレスはゼウスとアルクメネの息子なので正確には養父。第二十四歌参照。
(5) テッサリアのイオルコス王アイソンの息子。五十人ともいわれる勇士をのせ金羊毛皮を求める航海に出たアルゴ船の隊長。
(6) プリクソスとヘレの兄妹をのせてギリシアからコルキスへ空を飛んだ金羊の毛皮。太陽神の息子アイエテス王の所有だったが、イアソンが王の娘メデイアの助けをかりてギリシアのイオルコスに持ち帰る。
(7) テッサリアの町。アルゴ船の出航地。一五行註、一六行註参照。
(8) アルゴリスのミデア王エレクトリュオンの娘。アンピトリュオンの妻。ヘラクレスとイピクレスの母。第二十四歌参照。
(9) 浮き岩が打ち合う船の難〳

アルゴ船腹に座を占める。
三日間、南風を受けてヘレスポントス(1)に着き
プロポンティス(2)に錨をおろす。そこはキアノス人(3)が
すりへった鋤を牛にひかせて広い畑を耕すところ。
勇士たちは上陸し、二人ずつ夕食の支度にとりかかる。
けれど寝床はみんなのためにひとつだけ
細い藺草や高く茂ったカヤツリ草を刈って
草原が彼らの大きなしとねとなるのだ。
金髪のヒュラスは炊事の水を汲みに出かけた。
ヘラクレスのためと、剛勇テラモン(4)のため。
二人は仲間でいつも食をともにする。
青銅の壺を手にしたヒュラスはただちに
くぼみの泉に気がついた。たくさんの藺草に囲まれ、
暗色のクサノオウ(5)と緑の女髪草(6)
いまがさかりのセリと地を這うシダの類。
水の中にはニンフたちが環をつくる。
眠りを知らず、土地のものには恐ろしい女神たち(7)。

╱所で、シュンプレガデスと呼ばれる。アルゴ船がからくもすりぬけたあと、両岩は打ち合って動かなくなったという。第二十二歌二七行参照。

(10) 黒海沿岸コルキスの川。七五行参照。

---

(1) 金羊の飛行中、妹のヘレが墜落したためこう名づけられる。現在のダーダネルズ海峡。

(2) マルマラ海。

(3) プロポンティス南のキアノス湾岸に住む人々。西端にキオスの町がある。

(4) アルゴ船に乗り組んだ勇士の一人。サラミス島の王アイアコスの息子。トロイア戦争で活躍する大アイアスとテウクロスの父。

(5) キンポウゲ。湿地を好む有毒植物。

エウニカとマリス、そして春のように美しいニュケイア。(8)
ちょうどヒュラスが壺を水にひたそうとしたとき
みながその手をつかむ。
アルゴスの少年(9)への愛が、みなのやわらかい心を突然おそったのだ。
暗い水のなかへとまっさかさまに、落ち込む様は
燃える星が空から海へまっさかさまに落ちるときのよう。
そのとき水夫が「帆をあげろ、順風だ(10)」と仲間に呼びかける。
ニンフたちは泣きじゃくる少年をひざに抱き、
やさしいことばで慰めようとする。
しかし、アンピトリュオンの息子は不安にさいなまれ
少年を捜しに出かける。
スキュタイ風(11)に曲がった弓を携えて
右手からは棍棒を離さない。
喉《のど》の奥底から「ヒュラス」と三回叫び
少年も三回応えるが、水の中の声は弱く
すぐ近くなのに遠くからのようにひびく。
[たてがみもつ獅子が遠くから聞きつけるように(12)]

(6) ホウライシダ。
(7) ニンフは天上の神々よりも身近な地上の住民だが、人間にとって、交わるには恐ろしい存在。ホメロス『オデュッセイア』のキルケの描写「人声を発する恐ろしい女神」等参照。
(8) 三人のニンフの名は、テオクリトスが水との関わりや響きの良さで選んだと推測されている。エウニカは海の神ネレウスの娘の一人で、ニュケイアは泉のニンフの一人として他文献に登場する。
(9) ヒュラスの出自は不詳だが（一〇二頁註（1）参照）、ヘラクレスがアルゴス人なので養子のようにこう呼ばれる。
(10) 流れ星は順風のしるしと考えられていた。
(11) 黒海の北に住む遊牧民の名。
(12) 六一行は後代の挿入とし、

獲物をあさる獅子が、山で仔鹿の鳴き声を聞けば
ねぐらをあとに、すぐさま確実な獲物にかけつける。
そのようにヘラクレスも道のないイバラの中を突進し
少年だけを思って、あちこちさまよった。
恋するもののあわれさよ、なんと多くを耐え忍んだことだろう。
山の藪《やぶ》を迷い歩いて、イアソンをすっかり忘れてしまった。
船では英雄たちが全員乗り込み帆をあげていた。
しかし、真夜中にはふたたび帆をおろした。
ヘラクレスを待ったのだが、彼は足に運ばれるまま狂ったように走って
　いた。
むごい神(1)が彼の心を引き裂いていたのだ。
それ以来、美しいヒュラスは祝福された者のうちに数えられ、
ヘラクレスは勇士たちに、脱船者となじられた。
それというのも三十座のアルゴを見捨て、
非友好的な(2)コルキスのパシス川へと徒歩で赴いた(3)からなのだ。

て削除される。

(1) エロスのこと。
(2) コルキスの王アイエテスは金羊毛皮を取りにきたアルゴ船員を当然ながら、歓迎しない。
(3) ヘラクレスがヒュラスを追って船からおりた物語はよく知られているが、そのあと徒歩でアルゴ船の目的地に向かい、仲間と再会したとの話はこの歌以外見られない。

第十四歌　アイスキナスとテュオニコス(1)

アイスキナス
ごきげんよう、テュオニコスさん。

テュオニコス　ごきげんよう、アイスキナスじゃないか。
久しぶり。

アイスキナス　久しぶり。

テュオニコス　いったいどうしたんだい。

(1) 友人同士のアイスキナスとテュオニコスが出会い、前者が失恋を語る。恋の苦しみから逃れるため兵士になりたいとの望みを聞いて、後者がプトレマイオス王のもとへ行くよう勧める。アイスキナスが最初、相手に向かって、「さん（アナクス）」づけで呼びかけているところをみると、テュオニコスが年上で助言者の立場。古註には「キュニスカの恋」というタイトルもある。

アイスキナス
うまくいっていないんだ、テュオニコス。

テュオニコス
それで、やせ細って
口髭はのびてるし、髪の毛もばさばさ。
このあいだ来たピュタゴラス派の人物(1)もそんなかっこうだったよ。
青い顔ではだしで、アテナイ人だと言っていた。

アイスキナス
彼も恋していたのかい。

テュオニコス
そう見えた。上等のパンに恋してたよ。

アイスキナス
からかうんだね、あいかわらずだ。だがぼくはきれいなキュニスカに夢中で
気づかぬうちに狂いそうだ。もう髪一本の差だ。

(1) ピュタゴラス派の哲学者のなかには乞食学者と呼ばれながら放浪するものがいた。

テュオニコス
君はいつもそうだ、親しいアイスキナス。
すぐかっとなり、なんでも思いどおりにしたがるんだ。だがその新しい出来事を話してくれ。

アイスキナス
アルゴス人とぼく、テッサリアの馬調教師アギスと
兵士のクレウニコスが、ぼくのいなかの家で酒を飲んだ。
若鶏を二羽とまだ乳をのんでる仔豚をつぶし
ほとんど四年もののビブリノスワイン[2]を開けたが
樽から出したての良い香り。
ユリの根[3]やカタツムリもあって、楽しい宴会だった。
しばらくすると、みんながそれぞれ、好きな人の名を言って
生の酒を飲み干すことにきめた。
そこで、ぼくたちは決めたとおりに、名前を言っては飲んだ。
ところが彼女は、ぼくがいっしょにいるのに、何も言わないので、ぼくがどんな気持ちだったと思うかい。

(2) ビブリノスは産地を示すか酒の種類を示すか諸説ある。
(3) 原語はボルボス。ユリや玉ネギなどの球根、またはトリュフや松露などのキノコと推測される。カタツムリとともに媚薬的効果があるとの説もある。

「狼《リュコス》を見たので、(1) 話せないのか」とだれかが聞くと
「よくおわかりね」と言って赤くなった。すぐ火がつけられそうに真っ赤。
リュコスという男がいるんだ。隣家のラバスの息子で
背が高く、肌はなめらか、多くの者が彼を美青年と呼ぶ。
この男に彼女は華々しい恋の炎を燃やしたのだ。
このことはこっそり耳打ちされてはいたが、
ほおっておいたぼくは、だめな男だった。
さてわれわれ四人が、そうとう深く酔ったとき
ラリサの男が(2)「私の狼」をうたいはじめた。
テッサリアの歌だ。いやなやつ。
キュニスカは突然、母の胸を求める六歳児よりも激しく泣きはじめた。
そこでぼくは、わかるだろう、テュオニコス。げんこつをかためて
彼女のこめかみを殴った。二回もだ。彼女は衣のすそをひきよせ、
あっというまに外に出た。「ひどいやつ、
ぼくが気に入らないのか、もっと好きなやつがいるのか。
そいつのところに行って甘やかすがいい。そいつのためにリンゴみたいな
涙のつぶを流してやるがいいさ」。

(1) 狼に出会うと口がきけなくなるとの迷信があった。狼はリュコスだが、男の名前にもリュコスがあり、ここでもキュニスカが恋する男の名。

(2) テッサリアの町。「ラリサの男」とは一二行の「テッサリアの馬調教師アギス」のこと。狼の歌については何も伝えられていない。

(3) 「あとも残さず消え失せ

屋根の下のツバメが口いっぱいのえさを、雛たちに与え
すばやく次の糧をとるために飛び去るが
それより早くキュニスカは、やわらかい椅子からとびあがり
玄関の扉を通って、かけ出ていった。
「あるとき牡牛が森に入っていきました」(3)と話にあるとおりだ。
二十日が過ぎた。それから八日、九日、十日、十一日
あと二日もすれば二ヵ月も離れている。(4)
ぼくの髪がトラキア人みたいになっても、(5)彼女は見もしない。
リュコスがすべてだ。リュコスには夜も戸が開けてある。
ぼくは一顧の価値もなく、数にも入らない。
あわれなメガラ人(6)のように、列にも並べない場所にいる。
恋さえあきらめれば、すべてがあるべきようになるだろうが
どうやったらいいのか、テュオニコス。
タールの中のネズミみたいと言われる状況だ。
どうしようもない恋を癒す薬がわからない。
ただ一人、シモスが金物《かなもの》みたいな女に恋して
海に出ていき、元気になってもどってきた。ぼくと同じ年頃だ。

た」の意味。牡牛が群れを離れるように（第九歌四行参照）キュニスカは宴会中の仲間をおいて去った。

（4）二十と八と九と十と十一を足して五八日、これに二日加えると六十日で二ヵ月。

（5）トラキア人は戦いのときのみ髪を切るとか、頭のてっぺんで髪を束ねる（ホメロス『イリアス』第二歌五四二行）といわれている。髪をなでつけずぼさぼさで、取り乱したままの様子。最初のテュオニコスとの出会いでもアイスキナスの様子がそのようにいわれている（四行）。

（6）メガラ人が傲慢にも、自市よりすぐれた町はあるかと、デルポイの神託に尋ねたところ、「三番目でも四番目でも十二番目でもなく、数に入らない」との答えを得た。

よし、海を越えて行こう。兵隊としては最悪でもなし
最上でもないが、たぶんふつうだろう。

テュオニコス

うまくいくといいなあ、アイスキナス。出かけることに決めたなら
プトレマイオス王[1]が自由人兵にいちばん高い賃金を払ってくれるぞ。

アイスキナス

そのほかの面では、どんな人なんだい。

テュオニコス

高貴で芸術好きで恋多く非常に親切で
友人を知り分け、敵の方はもっとよく知っている。
多くの者に多くを与え、嘆願者を拒否しない王さまらしい人だ。
だが何でも頼んでいいわけじゃない、アイスキナス。
それでもし、右肩にマントの端をピンでとめ、両足をふんばって、
迫り来る恐ろしい楯持ち戦士を

(1) プトレマイオス二世・ピラデルポス王(在位前二八三—二四六年)のこと。

迎え撃つ気があるのならすぐエジプトへ行け。
われわれみんな、こめかみから歳をとりはじめる
そして少しずつ、髭の中にも老年の霜がしのびよる。
だから、ひざが若いうちに行動するんだ。

第十五歌　シュラクサイの女たち、またはアドニス祭の女たち(1)
――ゴルゴーとプラクシノア

ゴルゴー
プラクシノアはお宅？

プラクシノア　　まあゴルゴー、久しぶり、うちよ。
こんなときに来るなんて驚いたわ。エウノア(2)、椅子をもってきなさい。
クッションを置いてね。

ゴルゴー　　それでけっこうよ。

プラクシノア　　さあ、かけてちょうだい。

(1) シチリアのシュラクサイ出身でアレクサンドリアに住む二人の主婦ゴルゴーとプラクシノアが、プトレマイオス王（二世）の宮廷で催されるアドニス祭を見物に出かける。

(2) プラクシノアの召使い女。

ゴルゴー
くたびれきってしまったわ、プラクシノア。
生きてたどりつくのがやっと。大勢の人、たくさんの四頭立ての馬車、
どこを見ても兵隊靴と兵隊服の男たち。
それに道の長いこと。お宅はどんどん遠くなるのね。

プラクシノア
あの無神経な亭主のせいよ。地の果ての
こんな家ともいえない穴蔵に引っ越して、私たちが近所になれないように
　したの。
いやがらせよ、やきもちやきのいやな人、いつもそうなんだから。

ゴルゴー
ご亭主のディノンのことをそんなに言うものじゃないわ。
子どもがいるじゃない、ほらこっちを見ている。
元気だして、ゾピュリオン。いい子ね、パパのことを言ってるんじゃない
　のよ。

プラクシノア
あらまあ、女神さま(1)にかけて、この子にはわかるんだわ。
ゴルゴー
いいパパよね。
プラクシノア
そのパパにこのあいだ、ついこのあいだ言ったの。
「パパ、重曹と紅染料(2)を買ってきてちょうだい」って。
あの人が持って帰ったのは塩よ、大きいだけの男。
ゴルゴー
うちもそうなの。無駄遣いのディオクレイダスが、
犬の毛みたいな、古皮をむしったもの五枚分に
きのう七ドラクマも払ったの。きたならしくて仕事が増えるだけ。
でもさあ、外衣とよそいき(3)を着なさいよ。
王さまのお城、お金持ちのプトレマイオス(4)のところに行って、
アドニス(5)のお祭を見ましょう。女王さま(6)がすてきなものを用意しておられ

(1) 豊穣の女神デメテルの娘で冥界の女王ペルセポネを指している。シチリア島との縁が深い女神。
(2) 海藻の一種で紅色に染める染料。
(3) 留め金やピンでとめる外出用の衣。
(4) プトレマイオス二世・ピラデルポス。
(5) 女神アプロディテに愛された美青年。狩りでイノシシに襲われ死んだが、年に一度黄泉の国から女神のもとに帰るという伝承から祭が行なわれる。枯れては芽吹く植物の神の祭祀。祭は八、九月に開催。
(6) プトレマイオス二世の姉妹で妃のアルシノエ。二人の両親が、プトレマイオス一世・ソテルとベレニケ。

るって聞いたわ。

プラクシノア
恵まれた人のところにはなんでも豊かにあるのね。

ゴルゴー
でも見物すれば見たものを見ていない人に話せるわ。
出かける時間よ。

プラクシノア　怠け者には毎日がお祭ね。
エウノア、またつむぎ糸を置きっぱなしにしているね。
お仕置きを忘れたの。猫が来てやわらかいところに寝たがるよ。
ぼやっとしてないで早く水を持ってきなさい。水が先よ、石鹸を持ってく
るなんて。
いいからよこしなさい。そんなたくさんじゃないの、無駄遣い。
水を入れてちょうだい。ばかね、服がぬれるじゃない。
止めて。もう神さまがいいとおっしゃるくらい、きれいになったわ。

大きな長持の鍵はどこ。ここに持っておいで。

ゴルゴー

そのよそいきはなんてよく似合うんでしょう。

織り布にどれくらいかかったか教えてよ。

プラクシノア

思い出させないでよ、ゴルゴー。二百ドラクマ以上の銀よ。

仕上げも一生懸命やったわ。

ゴルゴー

でも思いどおりに仕上げたのね、それは言えるでしょ。

プラクシノア

外衣と日除け帽を持ってきて、きれいに着せてちょうだい。

だめ、おまえは連れていけないわ。こわいモルモ(1)がいるよ、馬みたいに噛みつくよ。

(1) 子どもを脅すときによく言われる女怪。

好きなだけ泣きなさい、でも怪我させるわけにはいかないからね。
行きましょう。プリュギア(2)、この子を連れていって遊んでやりなさい。
犬を中に入れて、戸締りをするのよ。

（町の路上）

プラクシノア

まあ、なんていう人混みでしょう。どうやったら
このひどい中を通り抜けられるかしら。アリのように数が数えきれない。
プトレマイオスさま、お父上が不死の神のもとにいらしてから
良いことをたくさんなさいました(3)。
もう悪者が通行人に忍び寄り、エジプト式(4)に害をなすこともない。
以前は詐欺師たちが悪戯をしかけてきたものだけど。
みな同じ悪い仲間でひどいやつらよ。
ゴルゴー、どうしましょう、王さまの軍馬の列よ。
ちょっとあなた、足を踏まないでくださいな。
赤毛の男が爪先立ちしたのよ。ほら、なんて乱暴なの。
エウノア、気をつけてどきなさい。前に出ると殺されるわよ。

（2）子守り女。プリュギア出身か。

（3）プトレマイオス二世の即位後、王の権威が行き届いて町の治安が良くなったことへの感謝。

（4）征服者であるギリシアのマケドニア人が被征服地元民であるエジプト人に抱く警戒と軽蔑のあらわれ。

子どもをうちにおいてきてよかったこと。

ゴルゴー　しっかり、プラクシノア。もう通り過ぎた。
馬場の方に行ったわ。

プラクシノア　もう大丈夫。
子どものころから、ひやっとした蛇と馬が恐いの。
急ぎましょう。大勢の人が流れ込んでくるわ。

ゴルゴー　（老婆に話しかける）
お城からいらしたんですか、おばあさま。

老婆　そうだよ、娘さんがた。

ゴルゴー　それで、入れますか。

老婆
アカイア人(1)はトロイア城内に入ろうとして入ったんだよ。
きれいな娘さんがた、まことに努める者は、すべてを得るのさ(2)。

ゴルゴー
おばあさんはご神託をさずけて行ってしまった。

プラクシノア
女はなんでも知っている。ゼウスとヘラの結婚の様子でも(3)。

ゴルゴー
プラクシノア、扉のところはなんていう人の群れでしょう。

プラクシノア
すごいわ、ゴルゴー。手をつなぎましょう。
エウノア(4)もエウテュキスの手をとって離れないようにしなさい。
みんなでいっしょに入りましょう。

(1) ギリシア人。
(2) 混雑している城に入れるかどうかという問いにまともに答えず、努力次第だと含みを残したことばで応じたため、次の行で「ご神託」と言われている。
(3) 第十七歌一三〇行以下参照。大神の結婚の様子は二人の神しか知らないはずだが、女というものは、何にでも首をつっこんで知っているということ。プトレマイオス二世の結婚もゼウス同様、兄弟と姉妹の結婚だということの示唆か。
(4) ゴルゴーの召使い女。

しっかりエウノア、私たちにくっついて。
ああ、困ったわ、私の夏服がやぶけちゃった、ゴルゴー。　七〇
（かたわらの男に向かって）
そちらのかた、ゼウスにかけて、お願いですから、私の衣に注意していただけませんか。

見知らぬ男　1
私の力が及びますかどうか。でもやってみましょう。

プラクシノア　　　　　　ほんとうの人混み、
豚みたいに押し合って。

見知らぬ男　1　　　　しっかりなさい、奥さんがた、もう大丈夫です。

プラクシノア
助けていただいて、親切なおかた、
いつまでもいいことがありますように。思いやり深くて良いかただわ。

エウノアは、まだもまれているわ。しっかり、押し通るのよ。
これでよし。「みんな中に入った」って花嫁を迎えて扉を閉める男(1)が言うわ。

（宮殿内）

ゴルゴー
プラクシノア、こっちへきて壁掛けの刺繍をごらんなさい。
なんて細かくてきれいなんでしょう。神々の衣のようだわ。

プラクシノア
女神アタナ(2)さま、いったいどんな女たちの仕事かしら。
どんな画家が下絵を描いたのかしら。
なんて自然に立って、なんて自然に動いているんでしょう。
織ったのじゃなくて、生きているようだわ。人間ってすごいものね。
アドニスはあそこよ、すてきなかっこうで銀の椅子に座っているわ。
頬には髭が生えはじめたばかり。
三度も愛されたアドニス、黄泉の国でも愛された。

(1) 結婚式の後、花嫁は新居の寝室に入り花婿がいっしょに閉じこもる。花嫁や花婿の友人たちが部屋の外で、からかいとやっかみのまじった祝婚歌をうたう。第十八歌参照。

(2) ドリス方言で女神アテネのこと。

（プラクシノアの感激口調を聞かされてがまんできなくなった男が抗議する）

見知らぬ男 2

うるさい、いつまでしゃべってるんだ、やめてくれ。
鳩みたいだ。聞いちゃいられない耳ざわりな話し方(1)だ。

プラクシノア

なんですって、その人はどこ出身なの。私たちのしゃべり方がどうだって
いうの。
命令するなら自分の奴隷にしなさいよ。シュラクサイの女に命令する気
なの。
知っておいた方がいいと思うけど、先祖はコリントスよ(2)。
ベレロポン(3)のようにね。だからペロポネソス風に話すの。
ドリス人はドリス語で話してもいいはずでしょ。
ペルセポネ(4)さま、私たちを支配する者がありませんように。王さま一人を
のぞいてはね。
まあ、どうでもいいけど、無駄なけんかはしなさんな。

（1）ドリス方言のなかでもシュラクサイの方言だから耳ざわりなのか。

（2）シュラクサイはコリントス人が移住植民した町。

（3）シシュポスの孫でグラウコスの息子。

（4）原語はメリトーデース（蜜のような）で冥界の女王ペルセポネの別称。女神へのささげものが乳と蜜だからか。一四行註参照。

ゴルゴー

しずかに、プラクシノア。アドニスにささげる歌がはじまるわ。
アルゴス女の娘で、じょうずな歌い手よ。
この人が去年の哀歌もすばらしくうたったの。
きっと良い歌を聞かせてくれる。もう咳払いしているわ。

歌い手

女神さま、あなたはゴルゴイとイダリオン(5)
そしてエリュクス(6)の峰を愛される。黄金に戯れるアプロディタ。
このアドニスをアケロン(7)の永久の流れから
十二ヵ月ぶりに、足取りもやわらかなホーライの女神たち(8)が連れてきた。
愛らしいホーライは神々のなかでもっとも遅く
人みなすべてに恵をもたらすその訪れは、いつも待ち望まれる。
ディオネ(9)の娘キュプリスよ、人々の伝えるところでは
あなたが女人の胸にアンブロシアをしたたらせ
ベレニカ(10)を死すべき人から不死の女神になさったとか。
多くの名をもち、多くの神殿で奉られる女神に感謝して

一〇〇

(5) 両地ともキュプロス島のアプロディテの聖地。
(6) シチリアの北西海岸の山と町の名。
(7) 黄泉の国の川。
(8) 季節の女神。
(9) アプロディテの母女神。ホメロス『イリアス』第五歌三六〇行以下参照。
(10) ベレニケのドリス方言。プトレマイオス一世の妃で、プトレマイオス二世と彼の妃アルシノエの母。

ベレニカの娘にしてヘレナ[1]にも似たアルシノア[2]が
すべてのよきものでアドニスをまつるのです。
木の梢で熟した季節の果物がおいてあり、
やわらかい草の生えた箱庭[3]は銀の籠に入れ、
シリアの香油は金の瓶。
女たちが板の上で白い粉に種々の香料を混ぜてつくった食べ物や
甘い蜜菓子とさらさらした油で揚げたもの、
空を飛び地を這うものすべての肉もここにある。
やわらかいイノンド[4]におおわれた
緑のあずまやが建っている。
その上を幼い愛の神たちが飛んでいる。
小夜鳴き鳥の若鳥が、羽根もはえそろい
枝から枝へと翼をためしているかのよう。
ああ、黒檀と黄金と白い象牙の鷲たちが
クロノスの息子ゼウスに酌童[5]を運んでゆく。
寝台の上には眠りよりもやわらかい緋色の敷物。
ミレトスの女やサモスの羊飼[6]は言うだろう。

（1）ヘレネ（ドリス方言はヘレナ）は、トロイアに行かずエジプトにいたとの異伝から、アレクサンドリアと縁が深い。一四七頁註（1）参照。
（2）アルシノエのドリス方言。
（3）アドニス祭には箱庭を造り、早くのびるが早く枯れる草を植え、アドニスの早逝をあらわす。アドニスは植物神でもある。
（4）ディル。ヒメウイキョウ。
（5）トロイアの美少年ガニュメデスは酌童として天上のゼウスのもとに連れ去られた。
（6）ミレトスは古来羊毛の産地として名高いが、サモスの羊毛についてはこの箇所以外には記述なし。
（7）アドニスの人形を海に流す儀式。
（8）黄泉の国の川。
（9）トロイア戦争のギリシア方

「うるわしいアドニスのしとねを敷いたのは私たち」。
キュプリスがアドニスを抱き、バラ色の腕をしたアドニスが女神を抱く。
花婿の歳は十八か十九で
唇の髭はまだ生えたばかりで、接吻も痛くない。
いまはキュプリスも恋する若者を腕に抱き喜びにひたる。
でも夜明けには露とともに私たちが集まって
浜辺の泡立つ波へと彼を運ぶ。(7)
髪の毛をたらし、衣を踝まで引き下げて
胸をはだけて澄んだ声でうたいはじめるだろう。
ああ、いとしいアドニス、アケロン(8)の岸辺からここへ来るのは
半神のあなただけという。アガメムノン(9)もできなかった。
怒りを忘れぬ勇猛な英雄アイアス(10)も、
ヘカバ(11)の二十人の息子のなかの長子ヘクトル(12)も、
トロイアから帰還したピュロス・ネオプトレモス(13)もパトロクレス(14)も、
それより以前のラピタイ(15)も、デウカリオン(16)の子どもたちも、
ペロプス(17)の子孫やペラスゴイ系アルゴスの王族(18)も。
愛するアドニス、来年も恵みを与えてください。

の総大将。
(10) トロイア戦争のギリシア方の勇士。
(11) ヘカベのドリス方言。
(12) トロイア方の大将。
(13) アキレウスの息子ネオプトレモスはピュロスとも呼ばれる。
(14) アキレウスの親友でヘクトルに殺された。
(15) テッサリアの民で半人半馬ケンタウロスとの戦いが有名。
(16) プロメテウスの息子で大洪水に生き残った人類の祖先。
(17) アルゴスの王でペロポネソス半島の名祖。アガメムノンの祖父。
(18) アルゴスはペロポネソスとテッサリアにある。後者がペラスゴイ系で王族はペレウス、アキレウス、ネオプトレモス。ホメロス『イリアス』第二歌六八一行参照。

今年はありがとう、アドニス、あなたの訪れはいつも喜ばしいものです。

ゴルゴー

プラクシノア、最高に賢い女の人だわ。あんなにたくさん知識をもっているのは幸せね。

あんなに甘くうたえたら、なによりの幸せ。

でも、うちに帰る時間よ、ディオクレイダス(1)の食事がまだだわ

あの人はとてもきつくて、お腹が空いているときはそばに寄れないの。

愛するアドニス、また来年の訪れを楽しみにごきげんよう。

(1) ゴルゴーの夫。

第十六歌　カリテス(1)、またはヒエロン(2)

ゼウスの娘御(3)がつねにうたい、歌人もつねにうたうのは
神々と立派な男たちを讃える歌。
ムーサイは女神であられれば、女神は神々をうたい
われらは死すべきものなれば、人は人をうたう。

だが輝く空の下に住む何人が私のカリテスに扉を開き、
みやげなしに追い返すこともなく
愛想よく迎え入れてくれるだろう。
彼らは怒ってはだしで、もどってきて
無駄足だったと私を激しく叱るのだ。
そして、頭をたれ膝《ひざ》を震わせながら

（1）カリス（優雅の女神）の複数形だが、ここでは歌女神ムーサイ（ムーサたち）、さらには詩作品と同じ意味で用いられている。
（2）シチリア島シュラクサイの支配者ヒエロン二世（在位前二七五頃－二一五年）。テオクリトスは、権力をにぎったばかりの彼に、保護と後援を願うが、それのみならず詩人を大切にして平和を守るべき統治者の心構えを説いている。第十六歌はヒエロン讃歌でもあるが、権力に毅然とした態度をみせる詩人の詩論展開でもある。
（3）ムーサイのこと。

不安そうにまた空《から》の長持の底にうずくまる。(1)
成果もなしに帰ってくるといつもの居場所。
栄誉の讃え手を愛でるものは、いないとみえる。
というのも男たちはもはや昔のようには
勲の誉《ほま》れを求めず、利益だけに捉われている。
だれもが金袋をにぎりしめ、増やすことしか考えない。
そして金屑ひとつよこさない。
すぐ「臑《すね》より膝の方が近い(2)」と、のたまわる。
「自分のことも考えなくてはならない。歌人には神々が報いてくださる。
他を聞く必要があろうか。ホメロスでわれわれ一同には充分だ。
立派な歌人だし、私のものを取っていきはしない」。

金の亡者よ、長持のなかのたくさんの金が何の役に立つ。
賢い者はそんな富をとっておかない。
心の楽しみに用い、歌人に与え、
多くの親族や数多くの他人にふるまい、
つねに神々に犠牲をささげるものだ。

(1) 衣服や貴重品を入れる箱は貧しい詩人のもとでは空っぽで、成果なしにもどってくる詩作品しか入れるものがない。

(2)「他人より身内が大切」の意味。

客に対して決してけちらず、食卓では親切で
客が帰りたいときだけ送り出す。
なによりムーサイに仕えるものをうやまうので
黄泉の国に隠れたのちも名声高く、
冷たいアケロン(3)の岸辺に忘れられて悲しむことがない。
手の内側をタコだらけにして(4)、父から受け継いだ貧しさを
声高に嘆く男のように悲しむことがない。
数多くの働き手がアンティオコス(5)やアレウアス王(6)の館で
月々の報酬を受けていた。
多くの仔牛がスコパス一族(7)の小屋に囲われて、
角の生えた牝牛といっしょに啼いていた。
数えきれないみごとな羊があのころもてなしのよいクレオン(8)一族の持ち物で、
クランノン(9)の牧場で羊飼に飼われていた。
けれども甘い生を、陰気な老人のいる幅広い川(10)に渡したのちは
もう何ももっていない。
豊かな富を置いていかねばならなかった。

(3) 黄泉の国の川。
(4) 重労働のしるし。
(5) テッサリアの王。
(6) テッサリアの名家の祖。
(7) テッサリアの富裕な一族。なかでも前六世紀のスコパス二世が有名。詩人シモニデスをもてなしたが、屋敷の天井が落ちて一族全滅。シモニデスは双子神の警告で助かったという。
(8) テッサリアの名家。
(9) テッサリアの町。
(10) 黄泉の国の川アケロン。「陰気な老人」は渡し守のカロン。

名もない死人のなかに永遠に忘れられていたことだろう。
もしもケオスの神々しい歌人[1]が多弦の琴の音にのせ
彼らの名を、時代を超えてうたいあげなかったとしたら。
聖なる競技で勝利の冠をもたらした足速い馬[2]でさえ
称賛にあずかっている。
またはだれがリュキアの英雄たち[3]の名を知ろう。
髪長きプリアモスの息子たち[4]や、女のように肌白いキュクノス[5]の名を。
もし、いにしえの戦いの雄叫びを讃える歌人がいなかったなら。
そしてオデュッセウスが百二十月も諸国を放浪し
生きて黄泉の国を尋ねたこと[6]も、
恐ろしいキュクロプスの洞穴から逃れたこと[7]も、
永久に伝わる誉れとならなかったろうに。
豚飼のエウマイオス[8]も牛飼のピロイティオス[9]も
尊いラエルテス[10]でさえも忘れられたことだろう。
イオニアの詩人[11]の歌が彼らに恵みを与えていなかったなら。

ムーサイを通じて人々は名誉を得る。

五〇

(1) シモニデス（前五五六頃—四六八年）のこと（ケオス島生まれ）。ピンダロスと並んで五、六世紀当時のもっとも高名な詩人。テッサリアの領主の館を歌い歩き、またシュラクサイのヒエロン一世のもとにも滞在した。
(2) ピンダロスに優勝歌でうたわれた名馬。
(3) 小アジアの南西部リュキアに縁のサルペドンやグラウコスのこと。
(4) トロイア王の息子ヘクトルやパリス。
(5) ポセイドンの息子でアキレウスに殺された。
(6) ホメロス『オデュッセイア』第十一歌の「黄泉下り」。
(7) ホメロス『オデュッセイア』第九歌参照。
(8) オデュッセウスに忠実な豚飼。ホメロス『オデュッセイ

死人の富は遺族が食いつぶす。
それなのに、風と灰青色の海が陸地に押しやる波を
浜辺に立って数えたり、
澄んだ水のなかで柔らかい粘土板を洗ったりするように、
欲に眩んだ男を説くのはむずかしい。
数えきれない金を求めて
もっともっとと欲しがる者とはおさらばだ。
私なら、多くの家畜や馬に富むよりも
人の尊敬と友情を得る方がずっとよい。
そこで死すべき者のうち、だれがムーサイといっしょの私を迎えてくれる
　　だろう。
意図雄大なゼウスの娘御と離れては
歌人の道はけわしい。
まだ空は月と年を数えて倦んでいない。
まだ多くの日の輪を太陽神の馬がまわすことだろう。
いつかは私の歌を求める者があらわれるだろう。
かつて偉大なアキレウスや不敵なアイアス(12)が、プリュギアの

ア』第二十歌参照。
(9) オデュッセウスに忠実な牛飼。
(10) オデュッセウスの父。
(11) ホメロスのこと。
(12) トロイア戦争のギリシア方の勇士。

シエモイス河畔[1]にたつイロス[2]の塚のわきでなしとげたような勲をたてるだろう。

すでにもう日入る国のフェニキア人[3]たちは、
リビアの岸の突端に住む彼らはおののいている。
シュラクサイの人々はもうすでに槍の柄の真ん中を手でつかみ
柳細工の裏張りをした楯は腕に重い。
いにしえの勇士にも比ぶべきヒエロン[4]が戦士たちのただなかに立つ。
鎧を身につけ、兜には馬の毛がふさふさと。
おお、ゼウスよ、栄えある父よ、そして女神アタナ
また富んだエピュライア人[5]が住むリュシメレイア湖[6]の強大な町[7]で
母神[8]といっしょにまつられる娘御ペルセポネ、
どうぞ悪運が敵を強い、この島からサルディニア海[9]の向こうに追いやり、
故郷の妻子に愛する者の死を伝えるのは
ほんのひとにぎりでありますように。
そして敵の手でみじめに荒れた町々に
ふたたび昔の民が住みつきますよう。

(1) トロイアの川。
(2) トロイアの王家の祖トロスの息子。彼の墓はトロイアの城壁のスカイア門のわきにある。ホメロス『イリアス』第十歌四一五行、第十一歌一六六行等参照。
(3) アフリカ北岸リビア地方のカルタゴ人。シチリアの西に位置するから入り日の下。
(4) ヒエロン二世。
(5) コリントスの古名。シュラクサイはコリントス人がアルキアスに率いられて植民移住した町。
(6) シュラクサイ近くの湖か沼地。シュラコス湖の別名かもしれない。シュラクサイの名はこの湖の名からきている。
(7) シュラクサイの町。
(8) 豊穣の女神デメテル。娘神と二柱いっしょにまつられるこ

人は豊かな畑を耕し
草の茂った野原では数限りない何千もの羊が肥え太り
牧場中にめえめえと啼く。
また群れをなして小屋に帰る牛たちが遅い旅人をいそがせる。
休耕地には種まきのために鍬《くわ》が入り
その時には真昼にセミが牧人を見守り、頭上の木の枝でうたいますよう。(10)
武器にはクモがやわらかな網をはり、
闘いの雄叫びはもはや聞かれない。
セミラミス(11)が瀝青《れきせい》と石で大宮殿を建て支配する
スキュティアの海(12)越えて、
ヒエロンの誉れを歌人たちが伝えますように。
歌い手の一人は私。けれどもゼウスの娘御は、他の多くの歌人をも愛さ
　れる。
彼らはみなシチリアのアレトゥサの泉をうたい、
戦士たちと槍の使い手ヒエロンに讃歌をささげる。
ああ、エテオクレス(13)が奉った女神カリテスよ、

とが多い。
(9) サルディニアの西と南の海。リビア海。
(10) ヘシオドス『仕事と日』五八二－五八七行に似た描写がある。
(11) アッシリアの女王。
(12) 黒海のことと思われる。シュラクサイから見て、ギリシアの東の果て。
(13) ボイオティアのオルコメノスの王。カリテスの祭祀を行なった。

あなたがたはテーバイのかつての敵、ミニュアイ(1)の町オルコメノスを好まれる。

だれからも呼ばれないなら私は家に留まろう。

けれども招いてくれる人のところへは私のムーサイといっしょに自信をもって行こう。

決してあなたがたを見捨てることはない。それというのもカリテスから離れたら、人にとって
好ましいものは何もない。私はいつまでもカリテスとともにあるだろう。

(1) 古いアイオリス民族のひとつ。テッサリアからボイオティアに移り、オルコメノスで栄えたがテーバイに攻められ敗退する。のち再度復興。

第十七歌　プトレマイオス王讃歌（1）

一　序歌

私たちの歌のはじめはゼウス、終わりもゼウスとさせたまえ、ムーサイよ、
不死の神々の最高の方なのだから。
だが、男たちのなかではプトレマイオスが最初と最後と
まんなかに名指される最上の方。
かつて半神から生まれた英雄たちが勲をたて
賢い歌人を見出したが
私もまた歌をよくするもの。
プトレマイオスを賛美しよう。讃歌は神々さえも嘉される。

（1）エジプト王プトレマイオス二世・ピラデルポス（在位前二八三—二四六年）を讃える歌。王は前二七八年に姉アルシノエと結婚し、この妃が二七〇年に死去しているので、この歌は結婚期間中のたぶん二七三年か二七二年に成立した。Willamowitz は全体を八部構成としたがそれにしたがい見出しをつけた。同じく支配者讃歌である第十六歌に比して形式的で通常の頌歌の規範と順序（先祖・誕生・富など）にしたがうつくり。この歌をうたったとき、詩人はすでにプトレマイオス二世の愛顧を得ていたので、第十六歌のような「売り込み」はない。

木々茂るイダ(1)の山へ木を切りに来る者は
たくさんの仕事のどこから手をつけようかとさぐる。
何をはじめにうたおうか。いうべきことは限りなく多い、
神々が最高の王にさずけた栄誉の数々。

二　系譜

父祖をたどればラゴスの息子、父王プトレマイオス(2)はどんな方だったろう。
余人の思い及ばぬ偉大な働きを
心にかけて計りなしとげた方。
この方に父神は不死なる至福の神々と同じ栄誉を与えられ
黄金の玉座がゼウスの館にしつらえられた。
かたわらにはペルシアを滅ぼした神アレクサンドロス(3)が
親しく座り、あざやかなターバンを巻く。
向かいにはケンタウロスを倒したヘラクレスの
堅い鋼鉄の座が立つ。
他の天上神と宴をもよおすところ。

(1) 小アジア北西部の森山。

(2) 一世。救世王（ソテル）と呼ばれ、マケドニアの貴族ラゴスの息子で、アレクサンドロス大王の将軍の一人。大王の命令でペルシア女性アッタカマと結婚した後、エウリュディケを娶り数人の子をなしたが、前三一七年に彼女の姪のベレニケと結婚、一男一女を得る。

(3) 大王の墓はアレクサンドリアに建てられ、プトレマイオス一世とともに神格化された。

彼は息子の息子たちの(4)運命を大いに喜ぶ。
クロノスの息子ゼウスが彼らの四肢から老いを取り去り
彼の子孫のものたちを不死なる者と呼んだとき。
というのも両人の祖先は力強いヘラクレスの血筋。
アレクサンドロスもプトレマイオスも系譜はヘラクレスまでさかのぼる。
そこで彼が香り高いネクタル(5)にもう酔いしれて
宴の席からいとしい妻の館に赴くときは
一人に弓と肩の矢筒を渡し、
もう一人には鉄のこぶのついた棍棒を渡すのだ。
そして彼らは白い踝の女神へベ(6)のアンブロシア香る居間へと、
武器とゼウスの髭面の息子を運んでいく。

三　母王妃讃歌

なんとまた、名高いベレニカ(7)は女性の賢さに輝き、
親にとっては大きな恵み。
彼女の香り高い胸に

三〇

(4) アレクサンドロスもプトレマイオス一世も、ヘラクレスの血筋とされる。
(5) 神々の飲物。
(6) ゼウスとヘラの娘で青春の女神。天上におけるヘラクレスの妻。
(7) ベレニケのドリス方言。最初の夫の死後、叔母エウリュディケとエジプトに行き、叔母の夫プトレマイオス一世に見初められ結婚。前三一六年に娘アルシノエ、三〇八年に息子プトレマイオス(のちのプトレマイオス二世)を産んだ。死後アプロディテと同化してあがめられた。

女神ディオネ(1)の娘御で、キュプリスを統べる
アプロディタがやさしい手をおかれたので
女の中で彼女ほど夫に喜びとなったものはないと言われる。
プトレマイオスは妻をいとしんだがそれ以上に妻からも愛された。
自分の子どもたちに安心して全財産を預けられるのは、
愛情深い妻の床に愛情込めてつねに通う者。
ところが愛薄き妻はいつも他の男を心に想い、
子どもはたやすく産まれるも父に似ない。
女神のなかでも、もっともうるわしいアプロディタ、
あなたが心にかけられたので、美しいベレニカは
嘆きに満ちたアケロンの川(2)を渡らずにすんだ。
彼女が暗色の舟と、いつも陰気な渡し守のところへ行く前に
あなたがひきとって神殿に連れていき、
栄誉を分け与えられた。
いまやすべての死すべきものにとって、やさしい女神。
おだやかな愛の息吹で、あこがれのもたらす苦しみを鎮めてくれる。

(1) アプロディテは、ヘシオドス『神統記』では天空神ウラノスの去勢時に海の泡から誕生したが、『イリアス』では女神ディオネとゼウスの娘。

(2) 黄泉の国の川。

四　誕生

黒い眉毛のアルゴスの女《ひと》(3)、あなたはカリュドンの男テュデウスに嫁して
闘士ディオメデスを産んだ。
また胸深いテティス(4)はアイアコスの息子ペレウスに、槍持つ息子アキレウ
　スを産んだ。
そして、戦士プトレマイオスよ、輝かしいベレニカがあなたを
戦士プトレマイオスの息子として産んだのだ。
産まれたばかりの赤子のあなたを、コス島(5)が母上から受け取り養った。
あなたが初めて昼の光りを目にしたときに。
というのも、この地でアンティゴナの娘ベレニカは陣痛に苦しみ
帯をゆるめるお産の女神エイレイテュイア(6)の助けを呼んだ。
女神は恵み深くやってきて、すべての四肢の痛みをやわらげ、
父に似た愛すべきお子が誕生した。
コス島はこれを目にして喜びの声をあげ
いとしげに赤子を抱きとって言った。
「生まれし子よ、幸いあれ、そしてポイボス・アポロンが

(3) デイピュレ。アルゴス王アドラストスの娘。テュデウスの妻。トロイア戦争の勇士ディオメデスの母。
(4) 海神ネレウスの娘で海の女神。ペレウスの妻で、アキレウスの母。
(5) 小アジア西岸の島。プトレマイオス二世は前三〇八年にこの島で誕生。
(6) ゼウスとヘラの娘で出産の女神。

青い環をしたデロス島(1)をたたえるように私をたたえてください。
同じ栄誉をトリオプスの丘(2)にも与えてください。
同じ名誉の贈り物をドリスの隣接地(3)に分けてください。
アポロン神もレナイア(4)を同じように愛でておられます」。
このように島は語った。そして空の上の雲のなかから
巨大な鷲が三回声をあげた。幸いをつげる鳥
ゼウスのしるしであったろう。クロノスの息子は尊い王たちを護り
とくに愛する者には誕生のはじめから心をかたむけられる。

五　財産と領土

彼には多くの幸が与えられ
多くの土地と広い海を支配する。
幾多の地で幾多の民が
天のゼウスの恵みの雨を受け、種を実らせる。
しかし、エジプトの低地ほど実らせるところはどこにもない。
あふれるナイルが土くれを湿らせほぐすとき。

(1) キュクラデス諸島の一島。アポロン誕生の地として有名。
(2) 小アジアのクニドス半島にある丘陵（トリオプスはその名祖）。アポロン神殿がある。
(3) コスはリンドス、イアリマソス、カミロス、クニドスとともにドリスの五市と呼ばれた。
(4) デロス島のそばの小島。

またどこにもこれほど多くの町に熟練の民が住みはしない。
三百もの町が建てられて
それに三千と三万が加わって、
そのうえ二かける三と、九かける三(5)、
この町すべての王が勇ましいプトレマイオスで
フェニキア、アラビア、シリア、リビア
黒人のエチオピアから領土を切り取った(6)。
すべてのパンピュリア人も槍持つキリキア人も
リュキア人も戦い好むカリア人も
キュクラデスの島々も王の命にしたがい、
海をゆく最良の船が彼のもの。
すべての海とすべての陸と、とどろき流れる川が
プトレマイオスに統べられる。
多くの騎兵と多くの楯持ちが、輝く青銅の武器つけまわりに集う。

(5) 300 + 3,000 + 30,000 + 6 + 27 = 33,333と聖なる数字三が並ぶ。ディオドロスによるとプトレマイオス一世の支配下に、実際三万以上の町があったという。

(6) アンティオコスとの戦い等で、プトレマイオス二世の領土はフェニキア、シリア、キリキア、パンピュリア、リュキア、カリア、イオニア、サモス、サモトラケ、テラ、キュクラデスまで拡大した。

六　恵まれた富と物惜しみしない使い方

宝では他のすべての王をしのぐ。
毎日いたるところから、多くのものが豊かな館に運ばれ
民は平和に仕事に精を出す。
それというのも命あふれるナイルを、敵が徒《かち》わたり
村を侵して鬨《とき》の声をあげることはない。
速い船から浜辺にとびおりて
エジプトの牛を武器で奪う者もいない。
広い地域に君臨するこのお方は
金髪のプトレマイオス、槍の名手で
父祖から受け継いだすべてをそのまま守り
良い王にふさわしく、みずからも戦い取ろうと心がける。
しかし、豊かな館に黄金が無益に貯えられはしない。
絶え間ない苦労で積みあげるアリたちの蓄えとはちがう。
神々の名高い神殿が
王のもたらす初穂やほかの献納品を受け、

一〇〇

有力な公たちに多くの贈り物がなされ、
町々にも忠実な仲間にもふんだんに与えられた。
またディオニュソスの聖なる競演(1)を訪れる者が
輝かしい歌をうたいあげ、
技にふさわしい贈り物を受けぬことは一度たりともなかった。
ムーサイの歌い手たち(2)はプトレマイオスを善き行ないゆえに賛美するが、
富み栄える者にとって人々の善い評判を得ることよりも
うるわしいことがあろうか。
アトレウスの息子たち(3)の英名は、まだ残っているが
彼らがプリアモス(4)の巨大な館に押し入り、勝ち得た数しれぬ宝は
どこかの闇にうずもれ、ふたたびもどることはない。

七　王の傑出

いまだかつてだれもなさず、
きょうまだ暖かい足跡を刻む人々のだれもなさないだろう。
王だけが、愛する母と父に香り高い神殿を建て

(1) 神にささげる詩や劇の競演。スポーツ競技がささげられている第十六歌四七行参照。
(2) 第十六歌二九行以下参照。
(3) ミュケナイ王アガメムノンとスパルタ王メネラオス。トロイア戦争の勇士。
(4) トロイア落城時の老王。

黄金と象牙に輝く像を置き
全地の人々の助け手とならしめた。
月がめぐるとき、王はここで数多くの肥えた牛の腿を
血にぬれた祭壇で焼く。
彼自身と気高いお妃が。
この妃よりすぐれた女性が婚礼の間で花婿を手に抱いたことはなく、
心から、いとしい兄でもある夫(1)に愛をそそぐ。
このように神々の聖なる婚礼(2)も行なわれたのだ。
女神レア(3)から産まれたオリュンポスの支配神
ゼウスとヘラが憩うのはひとつのしとね、
まだ乙女のイリス(4)が、香油で浄めた手でのべたもの。

八　讃歌の結語

王よ、ごきげんよう、私はあなたを他の半神と同じように誉め讃えよう。
私の歌が後の人々のそしりを受けることはないだろう。
それでも最良のものについては、あなたがゼウスに祈られますように。

(1) プトレマイオスと妃アルシノエは父も母も同じくする姉弟だが、エジプトでは、高貴な血筋が保たれるとして、このような結婚がたびたび行なわれた。
(2) ゼウスとヘラの両神はクロノスとレアの子で姉弟。
(3) 大地（ガイア）と天空（ウラノス）の娘。クロノスの妻。ゼウス、ヘラ、ポセイドン、ハデスの母。
(4) 虹の女神で神々の使者の役を果たすことが多い。

第十八歌　ヘレナ[1]の祝婚歌

あるときスパルタで、金髪のメネラオス[2]に
乙女たちがヒアシンスの花を髪に飾り
新造の寝室の前で輪になって踊り歌った。
町の中でもより抜きの十二人の乙女たちはラカイナ[3]の華。
テュンダレオス[4]の娘ヘレナをいとしい花嫁にして
アトレウスの若い方の息子が部屋に入って扉を閉めたとき
みなで声をあわせて地を踏みならし、足を交叉させて踊る。
祝婚歌が館に鳴り響いた。

こんなに早く、もう眠いの花婿さん、
そんなにひざが重いの、ねむたいの、

（1）スパルタ王妃レダとゼウスの間の娘ヘレネ（ドリス方言でヘレナ）。ギリシア全土から来た求婚者のなかからメネラオスを夫に選んだが、のちトロイアの王子パリスと駆け落ちしてトロイア戦争の原因となる。じつは夫を裏切ったわけでなく、戦争の間中エジプトで貞淑に暮らしたという異伝がある。そこでヘレネは、アレクサンドリア時代にエジプトとの関わりからふたたび取りあげられるようになった。古代の祝婚歌を模倣してうたわれたこの詩では、ヘレネが女性の理想像として描かれている。出奔や戦争といったこの結婚の不幸な側面にはまったく言及されていない。

（2）ミュケナイ王アトレウスの息子でアガメムノンの弟。ヘレネの夫となるが、彼女がトロ

飲み過ぎて寝床に横になりたいの。
この時間に眠りに急ぐなら、一人で行けばいい。
少女は子ども仲間といっしょに、やさしい母上のそばで
夜明けまで遊ばせてあげればよかったのに。
だってあしたもあさっても、幾年も、メネラオス、花嫁はあなたのもの。
しあわせな花婿よ、あなたが他の高貴な者たちとスパルタに
求婚にやってきたとき、好運の神がくしゃみした(1)。
英雄たちのなかで、あなただけがクロノスの御子の婿となり
いまやゼウスの娘はあなたと同じ床に休む。
地を歩むアカイア(2)の娘のなかで、またとなき乙女。
彼女が母に似た子をもてば、すばらしい子どもになるだろう。
私たちはみな遊び仲間で、男のように香油を塗って(3)
エウロタス川のほとりで競走練習をする。
六十の四倍を数える花盛りの少女の集団、
でもヘレナに比べれば欠点のないものはいない。
夜の女神よ、暁《あかつき》がのぼるとき、輝きを増してゆく容貌は美しい。
冬の終わりに来る春は輝かしい。

イアに出奔した後、兄とともに戦争を起こす。
(3) ラコニアのドリス方言。スパルタのこと。
(4) スパルタ王。ヘレネの養父。

---

(1) くしゃみは凶兆吉兆両方にみなされる。第七歌九六行参照。
(2) ギリシア。
(3) スパルタの少女たちは男児に等しく香油をぬって運動にいそしむ。

そのように黄金のヘレナは私たちにまさる。
丈高い糸杉が育って、肥えた畑や庭のかざりとなり
テッサリアの馬(4)が車をひきたてる。
そのようにバラ色の肌のヘレナはラケダイモニア(5)の誉れ。
彼女ほどみごとな糸を紡ぎ籠《かご》から巻きとる者はなく
精巧な細工の機《はた》で杼《ひ》(6)を使い、
彼女のように目の詰んだ布を織り機の柱から切り離す者はいない。
琴を弾きアルテミスと胸広いアタナ(7)を讃えてうたうときも
だれも彼女のように巧みではない。
あらゆる魅惑を目に宿したヘレナほどではない。
いともやさしくうるわしの乙女、もう人妻となられたか。
私たちは朝早く競技場と野原へ行って
花を摘み甘く香る花冠を編みましょう。
まるで乳飲み仔羊が母羊の乳房を恋しがるように
ヘレナ、あなたのことを思いながら。
地を這うクローバー(8)の花冠を編み、
陰深いプラタナスのそばにおいたのは

(4) ギリシア北部のテッサリアは名馬の産地として有名。

(5) スパルタ。

(6) 織り機のたて糸の間を往復してよこ糸を通す道具。

(7) アテネのドリス方言。競技と手芸にいそしむ少女たちの守護女神。アルテミスとともにスパルタでは非常にうやまわれていた。

(8) 原語はロートスでさまざまな植物を意味する。地面に低く茂ると形容されているのでクローバーだと推測されるが、エジプトの住民にとっては睡蓮や蓮を連想させる語。

私たちが最初なのです。
銀の瓶から流れる香油を受けて
プラタナスの木陰にしたたらせたのは[1]
私たちが最初なのです。

ごきげんよう、花嫁、ごきげんよう、神の娘婿殿。
子どもの養い女神のレト[2]が、あなたがたに良い子をさずけられますように。
そしてキュプリス、女神キュプリスが、おたがいの愛を高めてくださいますように。
そしてゼウス、クロノスの子ゼウスが限りない恵みを与えられ
高貴な家柄が次へと伝えられますように。
お休みなさい、たがいの胸に抱かれて愛とあこがれを吸い込みながら。
あすの朝、寝過ごしてはなりません。
私たちも夜明けにもどってきましょう
早起きの歌い手が寝床から、きれいな羽根の首をもたげて時をつくるとき。
婚礼の神、ヒュメナイオスよ、この結婚を祝福されんことを。

五〇

(1) プラタナスをまつる樹木女神へレネ信仰については資料が残っていないが、テオクリトスは当時の祭祀の起源（アイティア）を作品に織り込んだと思われる。パウサニアス『ギリシア案内記』第三巻一四-六、一五-三、一九-一〇参照。
(2) アポロンとアルテミスの母神。

第十九歌　蜂蜜どろぼう(1)

意地悪蜂がどろぼうエロス(2)を刺したことがある。
蜂の巣から蜜を盗る手指の先を全部刺したのだ。
痛みのあまり手に息を吹きかけ地団駄踏んで跳びはねた。
それからアプロディタに傷を見せ訴える。
蜂はとても小さい生き物なのに、大きな痛みを与えると。
すると母女神は笑って言った。
「おまえも同じではないかしら。
とても小さいくせに大きな痛みを与えるのですもの」。

(1) 偽作。

(2) エロスはここでは小さな少年に描かれ、アプロディテの小さな息子とされている。甘いものほしさに蜜蜂の巣に手をつっこみ蜂に刺されて泣きべそをかきながら母のところに走ってゆく、ほほえましくも可愛らしい姿。この母子関係が確立したのは古代末期で、ヘシオドス『神統記』ではエロスは原初の神。しかし、幼児神は小さいが、大きな苦しみをもたらす蜂の一刺しの力を失っていない。

第二十歌　牛飼とエウニカ(1)

エウニカはやさしく接吻しようとしたぼくを笑いとばした。
あざけりながら言ったのだ。「あっちへ行って、
牛飼なのに接吻しようなんて、ひどい人。
百姓にする接吻なんて習ったこともない。さわるのは町の人の唇だけよ。
私のきれいな口にキスなんて、夢でもしてほしくない。
なんてかっこう、なんて話しぶり、なんて粗っぽい冗談なの。
［なんとやさしい呼び声に、なんとおもしろい物語。
なんとやわらかい髭に、なんとすてきな髪の毛。(2)］
唇はひびわれ、手は黒く、いやな匂いがする。
はなれてよ、汚れるわ」。
こう言って、胸元に三回つばを吐き、(3)

(1) 偽作。原題は「ブーコリスコス（牛飼の話）」。町の女エウニカは牛飼を田舎者とあざけって接吻を許さない。傷ついた牛飼は自分の容貌の魅力の確認を仲間に求め、牧人を愛した女神たちの例をあげてエウニカを呪う。エウニカという名はヘシオドスの『神統記』二四六行にネレウスの娘の一人として登場。第十三歌では泉のニンフの一人。

(2) 七、八行は誤って挿入されたと考えられるが、もしそうでなければエウニカの皮肉であろう。

(3) 魔よけのまじない。第六歌三九行、第七歌一二七行参照。

ぼくの頭から足の先までじっくり眺めた。
唇にはあざけり、目にはさげすみをこめ、
貴婦人気取りで、口をゆがめてぼくを笑いとばした。
ぼくの血はすぐさま湧きたち
痛みで顔は赤く、露にぬれたバラのよう。
彼女はぼくを残して去り、ぼくは心に怒りをかかえる。
ぼくみたいな好青年を、性悪な遊び女があざけるなんて。

牧人たちよ、本当のことを言ってくれ、ぼくは美男じゃないかい。
それとも神のどなたかが、急にぼくを別人に変えたのか。
だって最近きれいな産毛が生えてきて
キヅタが幹をおおうように口元をびっしりおおったし、
髪の毛はセリのようにこめかみに渦巻いて
黒い眉毛の上に白い額が輝いている。
ぼくの目はアタナ女神よりずっと明るく輝いているし、
口はヨーグルトよりやわらかで、この唇を流れる声は
蜜蜂の巣を流れる蜜より甘い。

二〇

ぼくの歌は、シュリンクス(1)で吹こうと
アウロス(2)や横笛(3)や縦笛(4)で奏《かな》でようと、甘くひびく。
ぼくの様子が良いことは、山の女の子がみな言っている。
みんながぼくにキスをする。あの町の女だけがキスをせず、
牛飼だといやがって、もう目もくれない。
[うるわしいディオニュソスも谷間で牛を追っていた。(5)]
彼女は知らないのだ。キュプリスが牛飼(6)に心を乱して
プリュギア(7)の山で牛を追ったこと、
女神が森の中でアドニス(8)に接吻し、彼の死を森の中で嘆いたことを。
それにエンデュミオン(9)はだれだったろう。牛飼ではなかったか。
女神セラナはオリュンポスからやってきて、牛を追う彼に接吻した。
ラトモスの森山を訪れて、少年のかたわらに休むのだ。
女神レア(10)よ、あなたも牛飼の死を嘆かれた。
そしてあなたもクロノスの息子ゼウスよ、牛飼の少年(11)ゆえ、鷲の姿で飛び
　回られたのではないか。
ところがエウニカだけが牛飼に接吻しようとしなかった。
キュベラやキュプリスやセラナよりも、えらいというのか。

(1) 複数の葦茎を蠟でつなぎあわせた牧笛。
(2) マウスピースをつけた葦笛。
(3) ドーナクス。単管葦笛で横に吹く。
(4) プラギアウロス。単管縦笛。
(5) 三三行は前後の文脈に会わないことから、後代の挿入とされている。
(6) トロイアの王子アンキセスのこと。
(7) 小アジアのトロイア近辺の山地。
(8) アプロディテに愛された美青年。
(9) 月の女神セレネに愛され、トラキアの半島ケルソネソス近く、カリアのラトモス山の洞窟で永遠に眠っていると伝えられる。第三歌四九行参照。
(10) ヘシオドス『神統記』では、ガイアとウラノスの娘、クロノ

おお、キュプリスよ、彼女が恋人に、町であろうと山であろうとも
決して接吻することがありませんように。夜は一人で過ごすことになりますように。

スの妻でゼウスの母。ヘレニズム時代にはキュベレ（ドリス方言でキュベラ）と同一視され、美少年アッティスとの恋物語が伝わる。

(11) トロイア王トロスの息子ガニュメデス。美少年の誉れ高く、鷲に姿を変えたゼウスによって天上にさらわれ、酌童となった。

第二十一歌　漁師たち(1)

貧窮(2)のみが、ディオパントス(3)よ、創意工夫を促し、
これこそ努力の教師。というのも勤勉なものたちは
休息さえ苦い不安にさまたげられる。
夜も少し寝たかと思うと、眠りは突然破られて
心配事がやってくる。

老いた漁師が二人いっしょに横になっていた。
破れ小屋に乾いた海草を敷き
枯れ葉で編んだ壁によりかかり、
そばには生業の道具がおいてある。
魚籠《びく》に竿に針に藻で包んだ餌、

(1) 偽作。二人の漁師が夢について語り合う。主題が黄金の魚というメルヘン調で内容がユーモアを欠く説教という理由から、テオクリトスの作風と異なるとされている。

(2) 貧窮が人間を刺激して技術や創意工夫のもととなるとの考え方は、アリストパネスなどにも見られる。喜劇『プルトス』五一〇、五三二行参照。

(3) この歌の被献辞者。よくある名前。第六歌のアラトス、第十一歌、第十三歌のニキアス同様、作者の友人と推測されるが、まったく不明の人物。

紐で作った仕掛けに釣り糸に梁《やな》、
縄に櫂に台座の上の古い小舟、
頭の下には短い敷きものと衣と被り物。
これが海の男の補助具のすべて、これが財産。
鍵も扉もないし、犬もいないが
貧窮が守っているから、どれもよけいで不必要。
近くに隣家も見えず、小屋のすぐそばまで
海が迫って、岸辺を洗っていた。
月女神セラナの車が道の半分ものぼらないうちに(4)
彼らの仕事が漁師を起こしたので
まぶたから眠りをこすり落として、元気づけに話しはじめた。(5)

アスパリオン(6)
夏は昼が長いから夜は短いなんて
言ったやつはみな、まちがっている。
夢をたくさんみたのに夜明けはまだだ。
夜が長いので、夢が忘れられないのではなかろうか。

（4）月の女神は太陽神と同じく馬にひかせた車にのって空をわたる。「半分ものぼらないうちに」とは夜明けがまだ遠いという意味。

（5）二一、二五行は写本テキスト不明確ゆえ、Gow と Fritz を参考に推測される大意翻訳。

（6）アスパレイオス（安全に守る者）が海神ポセイドンの別称なので、漁師にふさわしい名前。

仲間の漁師
アスパリオン、夏は良いもの、悪口はやめてくれ。
季節がかってに道をはずれたわけじゃない、
心配事が眠りをやぶって、夜を長くしたんだよ。

アスパリオン
夢解きを知ってるかい。幸先《さいさき》のよい夢をみたんだ。
ぼくの見たものをおまえと分かち合いたいものだ。

仲間の漁師
獲物を分けるように夢もみな分けておくれ。
だって、ぼくが理性で解くなら、それがいちばんいい夢解きで、(1)
夢占い教師は自分の理性にしたがうものなんだから。
それに暇はたっぷりある。海のそばで枯れ藻に横になり、
眠れないとしたら、何もすることがないのだから。
イバラの中のロバと、プリュタネイオンの火(2)は
眠らないっていうじゃないか。

(1) アスパリオンが夢解きを習ったことがあるかと尋ねたことに対して、習ったことはなくても自分の理性にしたがって解くのがすぐれた夢解きだとの答え。
(2) プリュタネイオンは市の中心庁舎で、かまどの女神ヘスティアの祭壇があり、絶やされることなく火が燃えている。

さあ、おまえが見た夢を聞かせてくれ[3]。

アスパリオン

夕方、海辺の仕事を終えて眠りについたとき、
いや、食べすぎたわけじゃない。早めに食事して
腹八分にしたのをおぼえているだろう。
自分が岩にのぼって腰おろし、魚を見張っているのが見えた。
竿から誘いの餌をふっている。
すると太ったやつが食いついた。
眠れば犬はみな獲物を夢見るし、ぼくなら魚だ。
釣り針にしっかりとりつき、血が流れ
はね回るので、手の中で竿がしなった。
両手を伸ばし、前屈みになって
大きな魚を細い鉄針で釣りあげようと戦った。
傷口を刺激しては、すこしひっぱり
引いてはゆるめて、動かなければまた引き締めた。
こうして競争に勝ち、釣りあげたのが黄金の魚で

（3）三七、三八行は写本テキスト不明確ゆえ、Gow と Fritz を参考に推測される大意翻訳。

全身びっしり金でおおわれていたため、不安になった。
海神ポセイドンのお気に入りの魚ではないか、
もしや輝かしい海女神アンピトリタ(1)の宝ではないかと。
それから、口元の黄金が小さな針に損なわれないよう
針から魚をはずしにかかった。
そして陸でいい生活がおくれると考えて、
これからはもう決して海に足を踏み入れない、
陸にとどまり、黄金の主になろうと誓った。
ここで目が覚めた。さあ友よ、考えをきかせておくれ。
誓ってしまったことが怖いんだ。

仲間の漁師

心配することはない。君は誓わなかったんだ。
夢のなかの金の魚も釣らなかったんだから。
見たのは幻にほかならない。
寝ているときでなく覚めているとき、そんな大きな獲物を探すなら
夢にも希望があるというものだ。肉のついた魚を探せよ。

(1) アンピトリテのドリス方言。海の老人ネレウスの娘でポセイドンの妻。

黄金の夢みて飢え死にすることがないように。

第二十二歌　ディオスクロイ（双子神讃歌）(1)

一　序歌

雲楯《アイギス》ふるうゼウスとレダの息子たち
カストルと猛《たけ》きポリュデウケスを讃えよう。
拳闘試合にいどみ、手のひらに牛皮紐《ひも》を巻きつけるポリュデウケス、
二度も三度もテスティオス(2)の娘御(3)の力強い息子たちを讃えよう。
ラケダイモニア生まれ(4)の双子の兄弟が救うのは
刃渡りの危機にいる人々、
血に染まる戦場の叫喚におびえる馬たち、
沈んではまた天に昇る星座の警告にさからい
激しい嵐に遭遇した船。

（1）双子神はスパルタ王妃レダの息子。双子のうちポリュデウケスのみがゼウスの息子で不死身だが、弟のカストルはスパルタ王テュンダレオスの息子で人間との伝説もあるがテオクリトスはふれていない。讃歌の前半はポリュデウケスの拳闘試合の勝利を讃え、後半はカストルが槍と刀の戦いに勝つ様をうたう。構成は、序歌と結語を加えて四部に分かれる。
（2）アイトリアのプレウロンの王。娘はレダ、アルタイア、ヒュペルメストラ、息子はプレクシッポス、トクセウスで、多くの高名な家系の祖となった。
（3）双子神の母レダ。白鳥に姿を変えたゼウスによって双子神の母となった。
（4）スパルタ。

船尾、船首、またいたるところから
大波が打ち寄せ船腹に入り込み
両側の船壁を破ろうとする。
すべての策具は綱もろともに垂れ下がり
ちぎれてぶらぶらゆれる。
夜が迫り[5]、空から大雨が降りそそぎ
広い海は休みなく降る雹《ひょう》と風にうたれて吠えたける。
それにもかかわらず、あなたがたは破滅の淵から船をひきあげ、
死を目前にした船員たちを救う。
突然風がやみ、海は凪いで輝き
雲があちらこちらで切れ、
間から熊座があらわれ、蟹座のロバの間に飼い葉桶[6]がかすかに光り、
すべてが順調な航海を予告する。
助けを求める人間たちのもとに来られるお二方、親愛な方々よ、
騎士にしてキタラを奏で、競技者にして歌い手[7]。
カストルをはじめに讃えようか。ポリュデウケスからはじめようか。
二人を讃えるのだが、ポリュデウケスをまずうたおう[8]。

(5) 古代の航海はおもに沿岸または島づたいに、昼間だけ行なわれた。夜は陸に船をもやい暗闇での航海は可能なかぎり回避された。

(6) 蟹座（双子座の東隣りで獅子座の西）の中央に「ロバ」と呼ばれるふたつの星があり、この間に見える星雲は「飼い葉桶」と名づけられていた。プレセペ星雲のこと。

(7) 騎士はおもにカストル、競技者はおもにポリュデウケスのことを指している。キタラ奏者や歌手と呼ぶことで、詞芸の守護神であることもあらわしている。二一四行以下参照。

(8) ホメロス讃歌風の定型句。

二　ポリュデウケスの勲

あのときアルゴ船は、打ち合う大岩(1)も
雪降る黒海の危険な海峡(2)もすり抜けて
神々の愛する息子たち(3)をのせ、ベブリュケス(4)の国にやってきた。
ここで男たちは船の両側の漕ぎ座から立ち上がり
大勢がひとつのはしごをつたってイアソンの船からおりた。
風から守られた岸辺の広い砂浜に上陸し
寝床に草を敷きつめ、火おこしの木をすりあわす。

しかし、足速いカストルと肌の浅黒いポリュデウケスは
仲間からはなれて二人だけで歩き回り、
山の原生林のあざやかさに目をみはる。
そしてなめらかな崖からとぎれることなく
どうどうと流れる水に満ちた泉を見つけた。
底には小石が水晶のように銀色の深みにきらめき
かたわらには松の木がそびえ立つ。

(1) シュンプレガデス。移動する浮き岩が間を通る船を打ち砕く船の難所だが、アルゴ船は飛ばした鳩のあとを追って進み、ほとんど無傷で通り抜けた。第十三歌二二行註参照。
(2) ボスポロス海峡のこと。
(3) イアソンに指揮されたアルゴ船には、双子神のほかにも、ヘラクレスなど神々の息子たちが乗船していた。
(4) トラキアに住んでいたという民族。

銀色ポプラにプラタナス、梢の青い糸杉も。
香り豊かな花々は毛深い蜜蜂の喜ぶ仕事の場、
過ぎゆく春の野に咲きほこる。
その天の下、見るも恐ろしい怪力の男が座っていた。
耳は拳闘でつぶれ
広い胸と巨大な背には
鉄のような肉が盛り上がり、
鎚《つち》で鍛えたかたまりのよう。
肩の下、堅い腕には筋肉が
雪溶け水にさらわれ大渦巻にみがかれた丸い石のようにつく。
背と首には、足を結び合わせた
獅子の皮が垂れ下がる。
この男に向かって無敵のポリュデウケスがまずことばをかける。

ポリュデウケス
あなたがどなたであろうとも、ごきげんよう。この地の民はどのような人
たちなのか。

アミュコス(1)
ごきげんようとはいかなることか。会ったこともない男たちを目にしているのに。

ポリュデウケス
ご安心を。ごらんになるのは悪人でも悪人の息子でもない。

アミュコス
心配なぞしていない。安心を教えてもらう必要はない。

ポリュデウケス
荒々しく、なんにでも敵対する高慢なお人だ。

アミュコス
見てのとおりの者だが、他人の国に入り込んではいない。

(1) ベブリュケスの王で海神ポセイドンの息子。

ポリュデウケス
さあ、友好のしるしを持って帰宅されよ。

アミュコス
何ももらわないし、贈るつもりもない。

ポリュデウケス
では、この水も飲ませてもらえぬのか。

アミュコス
そのとおり。渇きで唇がひびわれようともだめだ。

ポリュデウケス
言ってくれ。銀や対価を払えば、願いを聞いてくれるのか。

アミュコス
一対一で拳《こぶし》をふりあげ、男と男で闘うのだ。(2)

(2) アポロニオスの『アルゴナウティカ』にはこの拳闘試合が泉のほとりで行なわれたと記されてはいない。しかし壺絵などの資料から、テオクリトスの創作ではなく、他に伝承があったと推測される。

ポリュデウケス
拳闘か、それとも足ですねを蹴ったり目を打ってもよいのか。(1)
アミュコス
拳で力を尽くし、技量を出し惜しまない。
ポリュデウケス
手に紐を巻きつけ、向かい合う相手はだれなのか。
アミュコス
ここにいる私だ。弱者ではない、拳闘者と呼ばれている。
ポリュデウケス
二人の戦いの賞品はあるのか。(2)
アミュコス
おまえが勝ったら私はおまえのもの、私が勝ったらおまえは私のもの。

(1) この箇所はテキスト不明確だが、試合規則に関する問いだろう。「目をひっかく」「目に指を突っこむ」等の解釈がある。

(2) ポリュデウケスは規則や賞品を確認する余裕をみせる。

ポリュデウケス
そんな戦いは赤いとさかの雄鶏たちのもの。

アミュコス
雄鶏に似ていようが、獅子のようだろうが、
それ以外の賞品では闘わない。

アミュコスはこう言うと法螺貝を出して吹き鳴らした。
はやくもプラタナスの木陰に向かって
法螺貝の音とともに髪の長いベブリュケスが集まってきた。
一方、戦いにすぐれたカストルも英雄たちをみな
マグネシアの船(3)に呼びに行った。
そのあいだにも、二人は牛皮の紐で手のひらを強化して
ひじまで長い紐を巻きつけてから、
中央に歩み出て相手を撃ち負かそうと息をはずませる。
まず、どちらがすばやく陽光を背中に受けるか、
場所の取り合いが激しかった。

八〇

(3) アルゴ船はマグネシアのパガサイで造られたとされる。

俊敏さではポリュデウケスが巨人にまさり
アミュコスの顔はまっこうから太陽に照らされた。
彼は胸に怒りをおぼえて前に踏み出し、拳《こぶし》でねらいを定める。
ところが打ち込む彼の顎の先にテュンダレオスの息子の一撃が当たり
ますますいらだち、混乱して
頭を低くして突っこんできた。
ベブリュケスが大声で声援し、こちらでは英雄たちが
力強いポリュデウケスをはげました。
ティテュオス(1)に似た巨大な男が
狭い場所で追いつき押しつぶすかと恐れたのだ。
ところがゼウスの息子は、あちらこちらととびまわり
右手左手を交互にくりだし、肉を裂き、
ポセイドンの息子がどんなに強かろうとも攻撃でおさえこむので
打撃にしびれて立ち止まり、真っ赤な血を吐き出すと、
口や頬の不面目な傷を見て
勇士たちはみな歓声をあげる。
顔が腫れ目が細くなっている。

（1）大地女神ガイアの息子で巨大。ホメロス『オデュッセイア』第十一歌五七六―五八一行参照。

西洋古典叢書

第Ⅲ期＊第7回配本

月報 53

2004 年 10 月
京都大学学術出版会

ミルトンの『ダモン葬送詩』とテオクリトス

佐野好則

テオクリトスに始まる牧歌の伝統は、ルネサンス期の多くの詩人たちによって継承された。ここではテオクリトスと古代牧歌の伝統が及ぼした広汎な影響の一例として、ジョン・ミルトン（一六〇八―七四年）がラテン語で書いた詩の中の秀作とされる『ダモン葬送詩 Epitaphium Damonis』を瞥見してみたい。

ミルトンはケンブリッジ大学卒業後、ウィンザーの近くのホートンにあった父親の別荘に六年間閑居してギリシア・ローマ古典の研究につとめつつ多くの詩を作った。この期間の古典の精読は、後の外国語秘書官時代の政治的・神学的著作および晩年の『失楽園』『復楽園』『闘士サムソン』等の大作の基礎となったことであろう。この閑居の後ミルトンは一六三八年晩春から十数ヵ月にわたりフランス、イタリアを旅行し、名士、学者、詩人、音楽家に会っている。旅行の途中、ミルトンがフィレンツェにいたとき、彼の親友チャールズ・ディオダーティがロンドンで水死した。ディオダーティはミルトンにとって唯一の親密な友人であったと考えられる人物である。帰国後ミルトンが、親友の死を哀悼して作ったのが『ダモン葬送詩』である。

この詩には、テオクリトス以来牧歌の韻律であるヘクサメトロスが用いられている。牧歌には死者への哀悼を内容とする葬送詩の伝統があり、ミルトンは親友への哀悼を、伝統的な牧歌葬送詩の形式で作品化したのである。

ミルトンは前書きで、作品中のダモンという牧人はチャールズ・ディオダーティであることを明記する。そして、ダモンの死を嘆くテュルシスという牧人はミルトン自身のことであることも明白になる。テュルシスとはテオクリトスの『牧歌（エイデュリア）』第一歌でダプニスの死の哀悼を歌う牧人の名前であることを知る読者は、すでに前書きにおいて『ダモン葬送詩』とテオクリトスの作品との共通性に気づく。

前書きの後、『ダモン葬送詩』は以下のように始まる。

ヒメラのニンフたちよ、あなたがたはダプニスとヒュラスと
永く嘆かれたビオンの命運を覚えておいでなのですから、
語ってください、シケリアの歌を、テムズの町々を通して。
（一―三行）

ヒメラとはシケリア（シチリア）島の川（および町）の名である。ヒメラのニンフたちに対してシケリアの歌を語るよう呼びかけがなされるのは、テオクリトスが多くの作品の場面設定としてシケリア島を選んだため、この島が牧歌と結びつく土地であるからである。「テムズの町々を通して」との付け加えによって、牧歌の伝統を遥かブリテン島でミルトンが受け継ぐことが明示される。さらに、ここで言及されるダプニス、ビオンという名前は、牧歌葬送詩の伝統との結びつきを強める。ダプニスは先ほど述べたようにテオクリトスの『牧歌』第一歌でその死が嘆かれる牧人である。そしてビオンとは『アドニス葬送詩』の作者とされる紀元前二世紀後半の牧歌詩人であるとともに、このビオンの死は、モスコスの名で伝わる（真作者は不詳）牧歌『ビオン葬送詩』の題材となっている。

ダモンは死後、無名の亡者たちの間には属さず、牧人たちの間でその名声が語り継がれるとの確信が述べられる（一八―三三行）。その際に、牧人たちはダプニスに次いでダモンに対し誓いを果たし、ダプニスに次いでダモンの賞賛を述べることを喜ぶとされる。ここにもまたテオクリトス『牧歌』第一歌の題材となったダプニスの名が言及される。さらに「ダプニスに次いで（post Daphnin）」という表現が一行中に二度用いられて（三一行）、『ダモン葬送詩』がテオクリトスの作品を受け継ぐものであることが強調されている。

他方ダモンを失ったテュルシスは寂しさの中に取り残される。これからは凍てつく寒さの冬も、厳しい日差しのもとでも、長い夜も、夏の真昼も、テュルシスとともにいて

機知に富んだ話をして喜ばせてくれる者はないだろうとテュルシスは述べ、自らの孤独を強調する（三五―六〇行）。この箇所には次の叙述が含まれている。

あるいは夏に、日が空の中央をめぐり行く間、
パーンが樫の木陰に引きこもって眠り、
ニンフたちが水の下の馴染みの座を求める時、
牧人たちは隠れ、農夫はしばしばいびきをかくが、
その時、誰が君のような魅力的な語らいを、誰が私に笑いを、
アテナイ人の機知と洗練された戯れ言を、再びもたらしてくれるのか。
（五一―五六行）

これは唯一気の合う話し相手であったダモンを失った寂しさの表現であるとともに、テオクリトスの作品へのさりげないほのめかしともなっている。テオクリトスの『牧歌』第一歌を知る読者は、山羊飼いが葦笛を吹くことを拒む理由として、真昼は牧神パーンが疲れて昼寝をしており起こされると機嫌が悪くなると述べる一節（第一歌一五―一八行）を思い浮かべるであろう。

旅行中に親友を失ったテュルシスは、埋もれたローマを訪れることはそれほどの価値のあることであったのかと自問し、親友の臨終の時にその手を取り、目を閉じてやり、別れの言葉をかけることができなかったことを悔やむ（一一一―一二三行）。しかし、トスカーナ地方の詩に熱心な牧人たちを思い出すことは決して厭わしくはないと述べ、テュルシスはアルノ川の畔での詩の競い合いに耳を傾け、自らもそれに参加したことを追憶する（一二五―一三八行）。ミルトンはフィレンツェに滞在していた間、詩人や学者たちと親交を結び、ミルトンも自作のラテン語やイタリア語の詩を披露したことが知られている。この箇所は、ミルトンのフィレンツェでの親交の記念となっている。

『ダモン葬送詩』にはミルトンの詩人としての抱負が含まれている。テュルシスは、ガリア人に勝利した後さらにはローマを陥落させたと言われるブレンヌスとベリヌスや、有名なアーサー王等ブリテン人たちの功績を歌おう、そして外の世界で知られることがなくても、祖国の諸河川が私を覚えてくれれば、十分な報酬であると述べる（一六二―一七八行）。ミルトンは後に英国の国民的叙事詩『失楽園』を作ったが、『ダモン葬送詩』の時点ではブリテン人たちの活躍を題材とする叙事詩を目標としていたことが興味深い。

『ダモン葬送詩』にはナポリの侯爵マンソーから贈られ

た二つの壺の描写が含まれている(一八九―一九七行)。ミルトンはマンソーを讃えるラテン語詩 Mansus を作っており、ミルトンにとって親交の深い人物であった。実際にミルトンがマンソーからこのような壺を贈られたのかもしれないが、むしろ二つの壺はマンソーの二つの著作を表わすものと考えられている。一つの図柄は紅海の岸辺のバルサム香を産する森の中にいるフェニックスであり、もう一つの図柄は天上の愛の神アモルであった。この描写は、再びテオクリトス『牧歌』第一歌の一節と結びつく。それはテュルシスが上手にダプニスの苦難を歌ったら与えることを山羊飼いが約束する盃の描写(二九―五六行)である。テオクリトスの盃の描写の題材が地上の情景であるのに対して、『ダモン葬送詩』の二つの図柄は地上の場面ばかりではなく、天上の場面をも含むことが相違点となる。

天上の場面では、愛の神アモルは上昇する魂のみを射るとされる。この壺の図柄の描写にすぐ続けて、ダモンもそのような上昇する魂に属すると述べられ、この詩の最後の、神々の世界にいる輝かしい姿のダモンのイメージにつながる(一九八―二一九行)。そこではダモンは輝く冠と棕櫚の枝を頭に飾って、不死の神々の間での婚礼の列に連なっている。この婚礼には『ヨハネの黙示録』第十九章の、救い主の再臨を婚姻として表わすイメージが重ねられている。

『ダモン葬送詩』には一七箇所で Ite domum impasti, domino iam non vacat, agni.「さあ、家へ帰れ、空腹のままの子羊たちよ。今主人には暇はないのだ」という同一の詩行がリフレインとして繰り返されている。このリフレインは、ウェリギリウスの『牧歌』第十歌の最終行 Ite domum saturae, venit Hesperus, ite capellae.「さあ、家へ帰れ、満腹になった雌山羊たちよ。宵の明星が現われた。さあ、行きなさい」(小川正廣訳)にバリエーションを施したものである。

『ダモン葬送詩』は以上の瞥見から明らかなように、テオクリトスの『牧歌』、特にその第一歌を受け継ぐ作品として作られている。牧人たちによる詩の競い合いは牧歌によく見いだされる情景であり、『ダモン葬送詩』にもアルノ河畔でのそのような情景が盛り込まれているが、ミルトンはこの作品を通じて、テオクリトスの模倣者たち(とりわけウェルギリウス)との競い合いに参加しているとみなすことができる。

(西洋古典学・東京都立大学助教授)

連載

西洋古典ミニ事典 (7)

ヘルクラネウム

紀元後七九年八月二十四日の午前、ナポリ湾東部のヴェスヴィオ火山は大噴火をなし、周辺諸都市を火山灰で埋め尽くした。この火山はすでに六三年二月にも大地震を起こし、地域の住民に大損害を与えているが、七九年の爆発では、ナポリを除く都市はほぼ壊滅状態に陥った。このうち特に知られているのはポンペイで、ポンペイ巡りはイタリア観光には必ずといってよいほど組み入れられる。当時のローマ人たちの生活ぶりを直接目にすることができるのが大きな魅力となっている。しかし、崩壊した都市にはヘルクラネウムもあり、ポンペイのように都市の詳細がわかるほど残っていないために、あまり知られていないのは残念なことである。

ヘルクラネウムは、十八世紀初頭に地下五〇―六〇フィートまで井戸を掘っていた中で偶然その所在が明らかになった。幾度も盗掘がくり返されていたが、その後一七四九年から六五年にかけておこなわれた科学的な調査によって、都市の設計構造が明らかにされた。そして発掘調査が進むうちに、おびただしい数のパピルスが発見された。ユリウス・カエサルの縁者の所有していたものであろうか、古代ギリシア語の巻物が出てきたのである。もっとも二〇〇〇年にわたる堆積の下から出てきた書物は炭化しており、これを判読するのは簡単な作業ではなかった。そもそも頁を開くのも容易でなかった。当初はアントニオ・ピアッジオの考案した機械で、一部を固定し、ゆっくりと開けていくという方策がとられた。

ヘルクラネウムで発見されたパピルスのうち、特筆すべきは、なんといってもエピクロス派の哲学者で、キケロと同時代であったガダラのピロデモスの断片群であろう。ガダラはシリアの町であるが、ピロデモスは前七五年頃にははるばるローマまでやってきて、当時のローマ人をその哲学思想によって魅了していた。ピロデモスの断片のいくつかは写真で眺めることができるが、ばらばらになったパピルスの小片から、さらに骨の折れる作業によって、テクストが復元されるのである。復元されたテクストがいくつか刊行されている。とにかくもこれによってわれわれは紀元一世紀に生きたひとりの教養人の蔵書をのぞき見ることができるのである。もっともローマの裕福な貴族が、快楽主義思想に耽っていたなどと想像してはならないであろう。すでにエピクロスの思想からも、彼らの思想が無抑制な快楽礼賛からいかに遠いかを知ることができるからである。

韻律（二）

抒情詩には笛などの伴奏はあっても本来は朗唱されるだけのエレゲイア詩やイアンボス詩もあるが、狭義の抒情詩（lyric すなわち lyra の歌）は、リュラ（四弦の、後には七弦の竪琴）を伴奏に歌われたものをいう。これは独唱詩と合唱詩に分かれるが、ここではレスボス島の独唱詩人として世に名高いサッポーをとりあげる。サッポーは『ギリシア詞華集』の中でプラトンによって「十番目のムーサ」（詩歌の女神ムーサ、すなわちミューズは九柱）と讃えられた。

サッポーの現在残っている断片にも、異なる韻律が幾十もあるとされるが、多くの場合にはスタンザという形式が用いられる。スタンザとは数行からなり、散文のパラグラフに相当するものである。スタンザは近代詩にもみられるが、ギリシア詩の場合には、叙事詩のダクテュロスとは異なり、一行における音節数が厳格に守られるのが特徴である。サッポーが用いたスタンザで最も知られているのは「サッポー風スタンザ」で、アレクサンドリアで作成されたサッポーの九巻（九はムーサの数にちなむ）のテクストのうち、第一巻はすべてこの韻律で書かれたということがわかっている。最初の三行は「—◡—⏓—◡◡—◡—⏓」がくり返され、最後に「—◡◡—⏓」のリフレインで終わる。もちろん、後十一世紀の焚書によってサッポーの詩集は完全に失われてしまい、後代の作家の引用によってわずかに残されているにすぎないが、とにかく現存する第一巻第一歌のアプロディテに捧げる歌はこの詩形によっている。このスタンザは、ローマの詩人たちによっても受け継がれ、カトゥルスやホラティウスの詩にその試みがある。

サッポーの別の詩形には、次のような一行八音節のものもある。「月は入りすばるも落ちて／夜はいま丑満の／時はすぎうつろひ行くを／我のみはひとりしねむる」（呉茂一訳）。Dedūke men ā selannā/kai Plēiades, mesai de/nyktes, para d'erchet' ōrā/egō de monā kateudō（◡—◡◡—◡——|——◡◡—◡—◡|——◡◡—◡——|◡—◡◡—◡——）. きわめて単純なリズムで、自然の美しさと自己の感情を素直に歌い上げた技量には感嘆せざるをえない。サッポーの詩は少女らに対する激しい感情の表現ばかりではなかったのである。あらためてその詩集が失われたことが惜しまれる。

参考文献——

沓掛良彦『サッフォー　詩と生涯』平凡社、一九八八年。

コスモポリタニズム

ギリシアにおいて、はじめてギリシアと非ギリシアとを越えて、人類一般について普遍的な友愛の思想が現われるのは、いわゆるヘレニズム時代に入ってからのことである。アレクサンドロスの偉業は、一大帝国を作りあげると同時に、ポリスからその意義を奪ってしまった。ポリスがその独立性を失って名だけの存在と化すと、世界が文化的に統一されて、ギリシアとバルバロイの区別もあまり重要でなくなってくる。バルバロイとは、もともとギリシア人側からの非ギリシア人に対する侮蔑の名称であったから、そのような自他を峻別する表現にとってかわって、双方を統合するような表現が求められるようになった。それがコスモポリーテース、すなわち世界市民である。市民はもはやポリスの市民ではなく、コスモス（宇宙、世界）の一員とみなされた。

いわゆるコスモポリタンの思想は、ストア派の哲学者たちが唱道したとされることが多いが、その起源はもう少し古い。乞食生活を送ったキュニコス派のディオゲネスは、どこから来たのかと訊かれると、「わたしはコスモポリーテースだ」と答えたという記録がある。ストア派では、ローマ五賢帝のひとりマルクス・アウレリウスが著わした『タ・エイス・ヘアウトン』（日本ではたいてい『自省録』という名が与えられる）が重要である。この書物には「理性的な生きものの善とはコイノーニアーである」という一節がある。コイノーニアーは共同性、公共性とかいうことであって、「社会生活を営むこと」（神谷訳）というようなことではない。普遍的国家というストア派の構想は、政治的な意味のものではなく、むしろ非政治的であるということを前提にして成り立っている。

アウレリウス帝の説くコイノーニアーはコスモポリタン的な同胞意識、共同意識の現われと見ることができる。それは現実の社会の悪を超越した、宇宙的な共同体として夢想されたと言うことができる。「一人の人間が全人類に対してもっている同族意識（シュンゲネイアー）がどんなに深いものであるかを考えよ」「過失のあった者を愛することが、人間にもっとも固有なことである」という彼の言葉には、キリスト教とほとんど同質の人類愛思想が現われている。けれども、皮肉なことには両者はほとんどなんらの接点ももつことはなかった。偶像破壊をくりかえしたこの時代のキリスト教徒は、この賢帝には狂信者以上のものとは映らなかったのではないかと怪しまれる。

（文／國方栄二）

西洋古典叢書

［第Ⅲ期］全22冊

★印既刊　☆印次回配本

●ギリシア古典篇

アテナイオス　食卓の賢人たち　5★　柳沼重剛 訳

アリストテレス　動物部分論・動物運動論・動物進行論　坂下浩司 訳

アルビノス他　プラトン哲学入門　久保　徹他 訳

エウセビオス　コンスタンティヌスの生涯★　秦　剛平 訳

ガレノス　ヒッポクラテスとプラトンの学説　1　内山勝利・木原志乃 訳

クイントス・スミュルナイオス　ホメロス後日譚　森岡紀子 訳

クセノポン　キュロスの教育★　松本仁助 訳

クセノポン　ソクラテス言行録　内山勝利 訳

クリュシッポス　初期ストア派断片集　4　中川純男・山口義久 訳

クリュシッポス他　初期ストア派断片集　5　中川純男・山口義久 訳

セクストス・エンペイリコス　学者たちへの論駁　2　金山弥平・金山万里子 訳

ディオニュシオス／デメトリオス　修辞学論集★　木曽明子・戸高和弘・渡辺浩司 訳

テオクリトス　牧　歌★　古澤ゆう子 訳

デモステネス　デモステネス弁論集　1　加来彰俊他 訳

デモステネス　デモステネス弁論集　2　北嶋美雪・木曽明子 訳

ピロストラトス　エクプラシス集　川上　穣 訳

プラトン　ピレボス　山田道夫 訳

プルタルコス　モラリア　11★　三浦　要 訳

ポリュビオス　歴史　1☆　城江良和 訳

●ラテン古典篇

ウェルギリウス　牧歌／農耕詩★　小川正廣 訳

クインティリアヌス　弁論家の教育　1　森谷宇一他 訳

スパルティアヌス他　ローマ皇帝群像　2　南川高志・桑山由文・井上文則 訳

英雄ポリュデウケスはあらゆる方向から偽攻撃をしかけ混乱させたが、
相手が無抵抗になったのを見て
鼻のまんなか、眉毛の下に拳を打ちこみ
額の骨をむきだしにした。
打たれた男は後ろ向きに、萌え出る草の上に倒れ込んだ。
彼がふたたび起きあがったとき、戦いは残忍なものとなった。
たがいに固く巻いた紐の打撃で相手の命をねらったが
ベブリュケスの王の拳は相手の首まで上がらず
胸までしか届かない。
一方、不敗のポリュデウケスは顔一面をものすごい撃ち方でたたきつぶす。
アミュコスの体は汗にちぢみ、巨人はたちまち小さくなった。
しかし、ポリュデウケスの四肢は
動きが激しくなるほど力も色つやも増すのだった。

さて、どのようにしてゼウスの息子は貪欲な男を打ち負かしたのだろう。
女神(2)よ、ご存じなのですから語ってください。私は他の人々へ取り次ぐつもりです。

(2) 詩女神ムーサ。

あなたの望まれることを、お心にかなうやり方で。
アミュコスは大きく打ちこもうと願い
左手でポリュデウケスの左手をつかみ、
防御の姿勢をななめにくずし、右足を踏み出しながら
右脇下から大きな拳を振りだした。
これが当たったらアミュクライ(1)の王ポリュデウケスを傷つけたことだろう。
だが彼は頭をそらし、固めた拳と肩の力を使って
相手の左のこめかみの下を打つと、
額にぱっくり開いた傷口から黒い血が流れ出した。
さらに左手では口を打つと、たくさんの歯がぐらぐらゆれる。
ますます激しく顔を打ちつづけると
頬がくだかれすっかり朦朧《もうろう》として
地面に倒れ、もう死にそうだと
闘いを放棄して両腕を上げる。
拳闘家のポリュデウケスよ、あなたは勝利にもかかわらず
傲慢な振る舞いをしなかった(2)。
アミュコスは父である海神ポセイドンの名を呼んで、

(1) スパルタ南東の町。テュンダレオスの宮殿がある。ポリュデウケスの支配地と考えられているのだろう。

(2) アポロニオス『アルゴナウティカ』では、ポリュデウケスがアミュコスの命を取ったと伝える。

(3) 双子神のうち一人はテュンダレオスの息子で、もう一人がゼウスの息子との伝承もあるが、第二十二歌ではあいまいで、二人ともテュンダレオスの息子でもありゼウスの息子でもあるような表現。一六二頁註(1)参照。

これからは決して自分から異邦人をわずらわせはしないと重い誓いをたてた。

三　カストルの勲

あなたを讃えましたから、こんどはカストルをうたいましょう。
馬に乗り、槍と青銅の武器持つテュンダレオスの息子。
ゼウスの息子(3)の二人はレウキッポス(4)の二人の娘を
奪って連れ去った。
しかし、アパレウスの息子の二人の兄弟、リュンケウスと勇猛なイダスが
娘たちと婚約しており、急いで追いかけてきた。
しかし彼らが、死んだアパレウスの墓のところに来たとき
みな同時に戦車からおりて、
くぼんだ楯と槍の重装備で向かい合った。
リュンケウスがそこで呼びかけ、かぶとの下から大声で叫んだ。
「おかしな人たちだ。なぜ闘いを望むのか。
どうして他人の花嫁を奪い、手に抜き身の刃を持つのか(5)。

(4) レウキッポスとアパレウスとテュンダレオスは兄弟で、ここに登場する二組の兄弟と一組の姉妹はみないとこ同士。双子神とアパレウスの息子たちの争いは、他の伝承(『キュプリア』、ピンダロス『ネメア第十歌』等)では羊の取り合いである。こぜりあいでカストルが殺され、ポリュデウケスが不死性を弟と分け合ったとも伝えられる。いとこの姉妹をめぐる闘いを伝えるのはこの歌が最古。

(5) ホメロス『イリアス』の描写を見ても、古代期のギリシア人は槍で戦い、刀を用いない。そのうえ抜き身で持つとは一九一行とも矛盾する。Gow によるとテオクリトスがうっかり時代考証を怠ったもので、あとに描かれる闘いの様子においても同様の不注意が見られるという。

レウキッポスはずっと以前に娘を婚約させ
われわれの花嫁にすると誓っていた。
ところが君たちは不当にも、他人の花嫁を奪おうと
牛やラバや他の財物で彼を籠絡し
贈り物で結婚を盗み取ったのだ。
私は多弁ではないが、まことに幾度も私自身が君たちに
目と目をあわせて言ったものだ。
「友よ、すでに他の婚約者がいる女性を、こうして妻に求めることは
高貴なものにふさわしくない。
スパルタは広く、馬を養うエリス(1)も広い。
羊の多いアルカディア(2)も、メッセネやアルゴスのようなアカイア(3)の町々も、
シシュポスの岸辺(4)にまたがる地方も広い。
そこには多くの少女がそれぞれの親元で生い育つ。
美しさも賢さも劣らない。
心にかなう結婚をするのはたやすいこと。
多くの者がすぐれた娘婿を望むが
君たちはすべての勇士のなかでもとびぬけている。

(1) ペロポネソス半島西北部。
(2) ペロポネソス半島中部。
(3) ここではペロポネソス半島全域の意味。
(4) ギリシア本土とペロポネソス半島を結ぶイストミア地峡付近で、コリントスのあたり。アイオロスの息子シシュポスがこの地域を支配し、コリントスを創建したのでこう呼ぶ。

親も祖先をさかのぼっての血統もすべて。
さあ、友よ、この花嫁はわれわれのものにしておいてくれ。
それからみなで君たちのために別の花嫁を探そう」。
このようなことを多く言ったのだ。
ところが、風の息吹がとらえ波間に消して、このことばは運に恵まれなかった。
君たちは頑固で強情だ。しかしせめていまは聞いてほしい。
君たちは二人とも父の関係からわれわれのいとこなのだ」。

……………………………………（5）

カストル

しかし君たちの心が闘いを望み
われわれが苦しみ多い争いをはじめて、槍を血にひたさねばならないなら、
イダスと私の兄弟、勇猛なポリュデウケスは
闘いからはなれ、手を出さないことにしよう。
私とリュンケウスの二人が、若いのだから、闘いを決しよう。

（5）カストルの答えのはじめの何行かが欠損していると考えられる。

親たちにあまり大きな悲しみを残さないように、
一軒の家に一人の死で充分だ。
残ったものたちは、戦死者ではなく花婿として友人と祝い、
娘たちとの婚礼の歌をうたうだろう。(1)
大きな争いを小さな不幸で終わらせるがいい。

このように発せられたことばを消すことは神にさえ、できなかった。
肩から地面へと武器をおろしたのは年上の二人。
だがリュンケウスは、がっしりした槍を楯の端から揺らしながら
真ん中に進み出た。
同じくカストルも鋭い穂先を震わせる。
二人のかぶとの前立てに毛飾りがうなずき、
まず槍で、相手の体のどこかが
あらわになったらねらおうと力をつくす。
しかし穂先がどちらかを傷つける前に
槍は頑丈な楯に突き刺さりくだけちった。
そこで二人は鞘から刀を引き抜き、ふたたび命を賭けて挑み合い、

(1) 一人死んで残るのは三人だから、二人の娘との結婚は数があわないとして、一七八、一七九行削除の提案がある。しかし生き残った方の兄弟が花婿になるという意味だと解釈することもできる。

闘いに休みはなかった。
カストルは幾度も広い楯と馬毛飾りのかぶとを打った。
目の鋭いリュンケウスの方も相手の楯を幾度も打ったが、
刃先は、かぶとの真っ赤な毛飾りをかすっただけだった。
彼が相手の左膝に鋭い刃を向けたとき
カストルが足を後ろにひき
彼の手の指を切ったので
打たれて剣を取り落とし、すぐさま父の墓へと逃げ出した。
そこには勇猛なイダスが寄りかかり、弟の闘いをながめていた。
しかし、テュンダレオスの息子は後を追い、
巾広の刀を脇腹とへそに深く突き刺した。
青銅の剣がすぐさま内臓を切り裂き、リュンケウスは前に傾きうつぶせに
　倒れた。
彼のまぶたに落ちかかった眠りは重い。
しかし、もう一人の息子の花婿姿も、母ラオコサ[2]は
父の家の炉のそばで目にすることがなかった。
というのも、メッセネの人イダスはすばやく

（2）アパレウスの妻で、イダスとリュンケウスの母。

父アパレウスの墓の上に立っていた石を持ち上げると、
弟を殺した相手に投げつけようとしたのだ。
しかし、ゼウスが許さず、彼の手からみごとに刻んだ大理石を叩き落とし、
輝く雷光で彼を焼きつくした。

このようにテュンダレオスの息子たちと戦うのは容易でない。
彼ら自身も強大で、強大な父から生まれている。

四　結語

レダのお子たち、ごきげんよう。私の讃歌に輝かしい名声をおくってください。
すべての歌い手が、テュンダレオスの息子たちに愛される。
ヘレネにも、他の英雄たちにも、
メネラオスを助けてイリオス(1)を滅ぼした英雄たちにも愛される。
あなたがたの名誉は、英雄たちよ、キオスの歌い手(2)がうたいあげた。
プリアモスの町(3)とアカイア人の船(4)を讃え、

(1)トロイア。
(2)ホメロス。
(3)トロイア王プリアモスの治めるトロイアの町。
(4)トロイア戦争で戦ったギリシア人の船団。

イリオスをめぐる闘いと戦場にそびえる塔のようなアキレウスを讃えた。
私もまたあなたがたに澄んだ声のムーサイの歌をささげましょう。
女神たちが許される私の力が及ぶかぎりの歌をささげましょう。
歌は神々への最高のささげもの。

第二十三歌　恋する者(1)

ある男が冷酷な少年に激しい恋をした。
姿は良いが性格はちがう。
恋する者を憎み、少しもやさしくない。
エロスが、どのような神で、どんなに強い弓を持ち
どんな痛みを心に射こむか知らないのだ。
出会っても話しかけても、そっけないばかり。
恋に燃える者をなぐさめず、唇に笑みもなければ
目に輝く光もないし、頰を染めもしない。
苦しみをやわらげることばもなければ接吻もない。
森の獣が狩人を見るよう、疑わしげに
恋する者を見る。彼の唇は残酷で

(1) 片思いの男が、恋に応じない相手の家の扉の前で首をつるという主題は悪趣味にちかく、偽作とされている。全編を通じて写本の状態が悪く、不明確な箇所が多いためおおかたはGowにしたがい、大意を訳した。

瞳は無情なまなざしをなげ
顔は怒りでゆがみ、傲慢な気性が浮かび出て
色もあおざめる。それでもまだ美しく
彼の怒りは恋する者をますます魅了した。
ついにキュテレイア(2)の激しい炎に耐えきれず
恨みの主の家を訪れ、泣きながら
戸柱に接吻して、こんなように声をあげた。

「残酷で無情な少年よ、悪しき牝獅子の養い児、
石のような心で恋に値しない。おまえに最後の
贈り物を持ってやってきた。首つり縄だよ。
だってもはやおまえを、少年よ、見つめて悩ませはしない。
おまえが私に定めたところに行こう。
そこには恋する者すべてにとって、苦しみの治療となる忘却があるという。
だが、その癒し薬をすべて手にとり飲み干そうとも
私の恨みは消えないだろう。いまやおまえの扉に
あいさつのしるしを投げかけよう(3)。

(2) 海で生まれキュテレイアに立ち寄ったとの伝説から、美神アプロディテをキュテレイアと呼ぶ。ヘシオドス『神統記』一九二行以下参照。

(3) 最後のあいさつを述べ、首つりの縄をかけるという意味にとった。ただしGowは、At last I find pleasure at thy door と訳し、いままで何度もつらい思いで立っていたこの場所がうれしいものにかわる、といった意味に解している。

私には未来が見える。
バラは美しいが、時が花をしぼませる。
［ユリは白いが、霜でしぼむ。
雪も白いが、地に落ちて溶ける[1]。］
スミレも春には美しいが、枯れるのははやい。
少年美は美しいが、短命だ。
おまえが恋をするときが来よう[2]。
心を焦がして苦い涙を流すだろう。
だが少年よ、最後の願いを聞いてくれ。
おまえが外に出て、あわれな私が扉のそばで
死んでいるのを見るときは、通り過ぎないでおくれ。
立ち止まって短いあいだでも嘆き、涙を流して
私を紐からはずし、おまえの体から衣を脱いでおおっておくれ。
それから最後の接吻を、死者におまえの唇を与えてほしい。
怖がることはない。私はおまえに何の害も与えられない。接吻で仲直りだ。
私の恋を埋める墓を掘っておくれ。
そして去り際に「友よ、安らかに」と三回となえ、

（1）三〇、三一行はおそらく後代の挿入。「しぼむ」「白い」の繰り返しが粗雑なうえに、霜や落下による美の消滅は、少年美の短命の比喩に矛盾する。

（2）恋とは美へのあこがれだから、人は美しさを失って初めて恋をする。九九頁註（1）、および第十二歌一一〇行註参照。

もしよかったら「良い友が亡くなった」とつけ加え、
墓碑には、この壁にきざんだ銘を書いてくれたまえ。
『彼は恋のために死んだ。旅人よ、通り過ぎずに
とどまり言ってくれ。「彼の友は冷酷だった」と』。
こう言って彼は壁に身を突っ張り、
石を敷居のまん中に引き出して上に立ち、
細い紐を取り出し、輪にして首にかけ
足の下を蹴ったので、つり下がって命が絶えた。
そこに少年が扉をあけ
家の敷居に首をつった死者を見たが
心も動かさず、亡くなったばかりの犠牲者を嘆きもしない。
衣全体にしみついた遺骸の汚れを浄めず
競技場へと出かけ、平気で気に入りの水浴場に赴いた。
そして自分がないがしろにした愛の神の像(3)の石座から
水の中へと飛び込んだ。
すると石像がゆらぎ、上から落ちて残酷な若者を打ち殺す。
水は深紅に染まり、少年の声がただよった。

(3) エロスの石像。競技場や水浴場に建てられることが多かったという。

「恋する者たちよ、喜ぶがよい。恋を嫌った者が倒されたのだから。
恋を嫌うおまえたちは、やさしくするがよい。神は正しい裁きを心得ておられる」。

第二十四歌　幼いヘラクレス(1)

ヘラクレスが十ヵ月の幼児だったとき、
ミデア生まれの母アルクメネ(2)が
一晩だけ若い弟イピクレスもいっしょに
湯をつかわせ乳をやり、青銅の楯の寝床(3)に横たえた。
プテレラオス(4)のみごとな武器で、かつてアンピトリュオンが彼を倒して奪
　ったもの。
母は子どもたちの頭をなでて話しかけた。
「おやすみ、私の子どもたち、よく眠ってまた起きるのよ。
おやすみ、私の大事な双子たち、安心しなさい。
しあわせに眠って、しあわせに朝を迎えるのよ」。
こう言って楯をゆすり、彼らに眠りが訪れた。

(1) 幼児のヘラクレスと蛇の神話はピンダロスの『ネメア第一歌』にも見られるが、この詩では、英雄讃歌より家庭内のこまごました描写が前面に出て、ヘレニズム時代的特徴をもつ。

(2) ミデア王エレクトリュオンの娘。テーバイ王でいとこのアンピトリュオンの妻。夫の姿をしたゼウスを迎え、ヘラクレスの母となった。イピクレスの方はアンピトリュオンの子とされる。ここでは一晩だけ遅く生まれたとしている。

(3) 楯の揺りかごはプトレマイオス一世も子ども時代、用いていたと伝えられる。

(4) タポス島の王。黄金の毛をもつかぎり不敗だったが、敵将アンピトリュオンに恋した娘コマイトが裏切って毛を抜いたので、討たれた。

ところが真夜中、大熊座が西に傾き
巨大な肩をみせるオリオンの方を向いたころ(1)、
策略に富んだ女神ヘラ(2)が二匹の恐ろしい怪物、
青黒いとぐろを巻いて鎌首をもちあげる二匹の蛇を
戸柱と格子扉が回転する広い敷居の上にけしかけて
小さなヘラクレスに咬みつけとおどした。
二匹はとぐろを解き血に飢えて腹を地面にこすりつけた。
進むにつれ目には邪悪な火が燃え、
強力な毒を吐きだしていた。
しかし、舌をひらめかせながら子どもたちに近づいたとき
すべてを知るゼウスが、アルクメネの愛する子たちを目覚めさせ、
館に光りがさした。
くぼんだ楯の中の邪《よこしま》な生き物に気づき
無慈悲な歯を見たとき、イピクレスはすぐさま大声で叫び
毛皮を足でけって逃げようとした。
しかしヘラクレスの方は二匹に向かい、
手でがっしりとしめつけた。

(1) 大熊座とオリオンが真夜中にこの位置を占めるのは二月末か八月末だが、子どもたちが毛皮をかけているので、二月かと推定される。
(2) 夫ゼウスと人間の女の間に生まれた息子を憎む。

破滅をもたらす蛇たちが、災厄の毒、神々にさえ厭《いと》わしい毒をもつ
ちょうど喉《のど》のところをつかんだのだ。
蛇たちは身をくねらせて
まだ乳離れもしないのに涙をみせないこの赤子に巻きついた。
しめつける枷から逃れようと
もがいてはまた輪をゆるめるのだった。

アルクメネが叫びを聞いて最初に目を覚ました。
「起きてアンピトリュオン、恐ろしくて動けない。
足に履き物はく間を惜しんで急いで行って。
聞こえないの、弟の方があんなに泣いている。
それに気がつかないの。まだ夜なのに
壁がみんな朝のようにはっきり見える。
きっとこの家になにか不吉なことがあるのよ、いとしいかた」。
このように言った。妻の言うことを聞いて寝床から起きあがり
みごとなつくりの剣に駆け寄った。
杉の寝台の上の鉤《かぎ》にいつもかけてあったもの。

そして新しく編んだ剣帯をつかみ、もう一方の手で鞘を持ちあげた。
ロートスの木[1]でつくったりっぱな作品。
しかし広い部屋はふたたび暗闇に満たされ
彼は深い寝息をたてている召使いたちを呼んだ。
「灯りをもってこい、できるだけ速く炉からもってくるんだ。
しもべたち、大きな閂《かんぬき》の扉を開けなさい」。
「起きなさい、頑丈なしもべたち、ご主人がお呼びですよ」
石臼のそばに寝ていたフェニキアの女[2]が叫んだ。
すぐさま灯りを燃やしてしもべたちがやってきた。
それぞれ急ぐ人たちが館にあふれた。
しかしながら、乳飲み子ヘラクレスが
やわらかい両手に二匹の怪物をつかんでいるのを見て、
驚愕の叫び声をあげた。
ところが彼は父アンピトリュオンに蛇を見せ
子どもらしい喜びに高くとびはね、笑いながら
死にかけてぐったりしている恐ろしい怪物を父の足元に置いた。
そこでアルクメネは、おびえて疲れきったイピクレスを

(1) ロートスはさまざまな植物を指すが、ここではヨーロッパ・ハックベリーのことか。第十八歌四三行註参照。

(2) ホメロス『オデュッセイア』第二十歌一〇五行にも石臼のそばの下女が登場する。

胸に抱きとりなぐさめた。
しかしアンピトリュオンはもう一人の子に羊皮をかけて寝かせ、
寝床にもどって眠りについた。

朝早く雄鶏が三度目に時を告げるやいなや、
アルクメネはすべて真実を告げる予言者テイレシアス(3)を呼び
不思議な出来事を語った。
そして未来について、答えを求めた。
「たとえ神々が凶事を考えておられようとも
おびえて隠してはなりません。
運命の女神が紡ぎ出すものを、人間は避けられないのです。
エウエレスの息子よ、予言者であるあなたには私の言うことがよくおわか
りでしょう」。
女王はこう言った。すると彼は答えて、
「ご安心ください。すぐれたお子たちの母上でペルセウスの血筋のお方(4)、
ご安心ください。未来は良きものとお考えください。
というのも、私の目からとっくに失われた甘い光にかけて

(3) エウエレスの息子。テーバイの名高い盲目の予言者。

(4) アルクメネの父エレクトリュオンは、ゼウスの息子ペルセウスとアンドロメダの息子。

多くのアカイアの女たちが夕方ひざの上で
やわらかい毛の束を手でこするとき、(1)
アルクメネの名前を呼んでうたうことでしょう。
アルゲイア(2)の女たちのあいだでもうやまわれることでしょう。
あなたの息子は星の輝く天へとのぼる男子なのです。
胸幅広い英雄となり、すべての獣、他のすべての男を力でしのぎ、
十二の難行のあとゼウスのもとに住むと定められている。
死すべき部分はすべてトラキスの火(3)が焼きつくし
神々の娘婿と呼ばれることだろう。
この怪獣を巣穴から駆りたてて子どもを咬み殺させようとした当の女神(4)の婿。
[鋭い歯をもつ狼が、寝ている仔鹿を目にして
害を与えようとしない日が来るだろう(5)。]
だが女王よ、灰の中の火種を用意なさい。
そしてラクダイバラやミチイバラの乾いた茎や
風にとばされ、ひからびたキイチゴの枝(6)を集めなさい。
この野生の折り枝の上であの蛇を、
ちょうど彼らが子どもを殺そうとした夜中の時刻に燃やしなさい。

(1) 毛を紡ぐ前に、毛の束を梳く作業のことかと思われる。

(2) ペロポネソス半島の北部、アルゴス、ティリュンス、ミュケナイ地域。

(3) ヘラクレスの地上の生の最後は、ギリシア北部のトラキスで、生身の肉体をみずから薪で焼いたとされる。

(4) ヘラクレスは天上にのぼった後、ゼウスとヘラの娘で青春の女神ヘベの夫となる。先に蛇を送りこんだのはヘラ。

(5) 八六、八七行は後代の挿入かと思われる。

(6) 集めるべきどの枝も、野生でとげのある植物であることに注意。

翌朝には、侍女の一人にこの火の灰を集めさせ、
川を越えた境の向こうの崩れた岩崖に行き
すべて投げ捨て、後ろを振り向かずにもどること。
それからまず、混じりけない硫黄を燃やして館を浄め
そのあと習わしどおりに、羊毛を巻きつけたオリーブの若枝で
厄よけに塩を混ぜた水をふりかける。
そしてすべてに勝るゼウスに牡豚をささげなさい。
あなたがたが敵にうちかつように」。
こう言ってテイレシアスは象牙の椅子から立ち上がり
まるで重ねた歳の重荷を負っていないかのように立ち去った。

さてヘラクレスは母のもとで庭の若木のように育ち
アルゴス人アンピトリュオンの息子と呼ばれた。
少年に文字を教えたのは年老いたリノス[7]。
アポロンの息子でくまなく心を配る英雄。
弓をひきしぼり矢を的に当てる技は
エウリュトス[8]、父祖伝来の田畑持ち。

（7）リノスは他の伝承ではヘラクレスの竪琴（リュラ）の教師で、癇癪をおこしたこの生徒に殴り殺されたという。
（8）テッサリアのオエカリアの王で有名な射手。

また、ぶなの木づくりの琵琶に両手を置かせて歌を教えたのは
ピラモン(1)の息子エウモルポス(2)。
また腰をひねって足をかけ組み打ちで相手を投げる
アルゴスの格闘者たちの技、
　拳《こぶし》に革紐《ひも》巻いた恐ろしい拳闘士と
地に身を投げつける全種目の闘士たちが考えぬいた巧みな技、
すべてをヘルメスの息子、パノペウス出身のハルパリュコス(3)から教わった。
彼を遠くからでも見た者は
あえて闘いに身をおこうとしないだろう。
恐ろしい顔に、なんという眉が覆《おお》いかぶさっていることか。
しかし、戦車から馬たちを駆り、折返しの石縁《いしべり》ぎりぎりまで
車輪の中心を傷つけず安全にまわることは
アンピトリュオンみずからが、愛情込めて息子に教えた。
馬肥えるアルゴスで戦車競走の賞品を多く得たものだ。
彼の乗る戦車は決してこわれず
経年で紐がゆるむだけだった。
けれども槍をかまえ、肩を楯にかくし

(1) アポロンの息子で音楽家。
(2) 不詳。ヘラクレスの教師として言及されるのはこの箇所のみ。
(3) 他の伝承では、レスリングの教師は、ヘルメスの息子アウトリュコス。ハルパリュコスへの言及はこの箇所のみ。

相手にねらいをつけ、剣の傷に耐え
戦列を整え、迫る敵の力をおしはかり
騎兵に命令をくだすそのすべを
アルゴスからの亡命者でヒッパロスの息子カストル(4)が教えた。
彼の全財産と広大なブドウ園は、テュデウス(5)がアドラストス(6)から受け取り、
馬の国アルゴスに住みついたのだ。
カストルにたちうちできる者は半神にもいなかった。
老いが若さをすりへらすときまでは。

このようにしてヘラクレスを愛する母君が育てたのだ。
息子の床は父のかたわらで、獅子の皮を敷いて休み、
それが大きな喜びだった。
夕食には焼肉と、籠に大きなドリスのパン。
農夫の空腹を満たすのに充分な量。
しかし昼間はほとんど食べず、煮炊きした料理は少しも口にしなかった。
粗末な衣も脚のなかばまでしか覆《おお》わず(7)……
………………………………………

(4) 双子神とは別人でこの箇所以外不出。

(5) オイネウスの息子。殺人をおかしてアルゴスに亡命し、アドラストスに浄められ、娘婿となり、ディオメデスの父となった。

(6) アルゴスの王。ここではカストルの財産を没収してテュデウスに与えたとされている。

(7) 残り三〇行ほどと推測されるが、一四一－一五五行と一六八－一七二行が断片で伝えられるのみ。

第二十五歌　ヘラクレスの獅子退治(1)

一　ヘラクレスと農夫

牛に鋤《すき》を引かせていた老人が
仕事の手をやすめて彼(2)に答えた。
「客人よ、尋ねられたことは喜んでお話ししよう。
道の守護神ヘルメスさまの恐ろしい罰を畏れる私。
道を尋ねる旅人にすげなくする者には
天上の神々のなかでもいちばんお怒りになるそうだから。
アウゲイアス王の毛深い家畜の群れは
みなが同じ野のひとつの場所で飼われているわけじゃない。
ある群れはヘリソン川(3)の両岸で

(1) 偽作。ホメロス『オデュッセイア』に似た表現が多い（第十四歌の豚飼エウマイオスとの出会い、犬のアルゴス等）。舞台は太陽神の息子でエリス王アウゲイアスの地所。ヘラクレスの難行のひとつはアウゲイアスの広大な牛小屋の掃除だった。この作品では説明されていないが、古代の読者は当然知識をもっていた。三部に分かれ場面が転換する。㈠ヘラクレスに道をきかれた農夫がアウゲイアス王の牛舎まで彼を案内する。㈡ヘラクレスが王と息子とともに牛を見回り、襲ってきた巨大な牛をねじふせる。㈢王の息子ピュレウスと道を行くヘラクレスがネメアの獅子退治のもようを語る。
(2) ヘラクレス。
(3) ペロポネソス半島のエリス

ある群れは神々しく浄いアルペイオス(4)の流れのほとり、
ある群れはブドウの豊かなブプラシオン(5)、そしてあるものはここで草を
　はむ。
それぞれの群れに囲いが設けられている。
また牛といえば非常に多いが、それでも
すべてのために、いつも青々とした野が
メニオス(6)河畔の広い湿地にある。
露にぬれた草地と低地が甘い草を充分に供して、
角もつ牛たちが大きく育つのだから。
全頭を収容する牛舎が、あなたの右手、川の向こう岸に
よくしつらえてあるのが見えるが、
そこはプラタナスと緑の野生のオリーブが
びっしり茂るアポロンの神域。
客人よ、家畜の守り手でもっとも強力な神にささげられた場所。
すぐそばには農夫たちの住居が長くつらなっている。
われら農夫は、言いようもなく豊かな王の財産に心をくばり
畑地に種をまくときは

とピサティスを結ぶ川。

(4) エリスとアルカディアを流れる川。

(5) エリスの北の町。

(6) エリスを流れる川。パウサニアス『ギリシア案内記』(第五巻一-一〇)によるとヘラクレスはこの川の水を牛舎に引きこんで掃除したというが、アポロドロス『ギリシア神話』(第二巻五-五)によるとアルペイオス川とペネイオス川の流れだと伝わる。

三度も四度も鋤き返す。
領地の境には勤勉な庭師が住んでいて
収穫の時季にはブドウ搾りにやってくる。
この平野はすべて賢いアウゲイアスのもの。
麦畑も木の茂る苑も
泉豊かなアクロレイア[1]のはるかな端までが。
ここでわれらは一日中仕事をするが
それこそ農地に生きるしもべにふさわしい。
しかし、さあ、どなたを訪ねてこられたのか、
あなたのためにもなることだから、教えてください。
アウゲイアスご自身か、または王に仕える家僕のうちのだれかを、お探し
　なのか。
私はここをくわしく知っていて、なんでも教えてさしあげよう。
あなたの親御の身分は高く、あなた自身も
いやしい生まれではないと見受けられる。
あなたの様子は偉大で、まことに不死の神々の御子が
死すべき人間のもとにあるかのようだ」。

（1）エリスの町アクロレイオイの地域。

それに答えてゼウスの勇ましい息子は言った。
「そのとおり、ご老人、エペイア人(2)を治めるアウゲイアスに会いたいのだ。
彼をもとめてここに来たのだから。
もし王が町にいて、市民のもとで
民を助けて、法の定めを行なっているならば
長老よ、どうか案内して家僕のうちのだれか、
農地でもっとも年上の管理人を教えてほしい。
彼と話して考えをきかせてもらおう。
一人がもう一人を必要とするように神が定めたのだから」。
彼に対して神のごとき(3)農夫は答えた。
「客人よ、あなたは不死の神々のどなたかの使いで来られたようだ。
望まれることがすべてすぐにもかなえられるのだから。
というのも太陽神ヘリオスの息子アウゲイアスは
実の息子、すぐれてたくましいピュレウスとともに
きのう町からやってこられた。
数日かけて領地の数知れぬ財を検分しようと。
王たちも、自分で目をくばれば

(2) 北部エリスの住民。

(3) ホメロスに似た定型句。『オデュッセイア』にも「神のごとき豚飼エウマイオス」といった形容が見られる。

家財の安全が増すと考えておられるのだろう。
さあすぐ彼のもとに行こう。われらの牛舎にお連れしよう。
そこで主人に会えるはず」。
こう言って案内したが
獅子の毛皮や太い棍棒を見ながら
客人はどこから来たかといろいろ考えた。
だが尋ねようとしながら唇まできたことばをひっこめた。
急いでいる人に、時ならぬ質問をしてはいけないとためらって。
他人の気持ちを知るのはむずかしいことなのだ。
牛舎に近づくと犬たちが、
肌の匂いと足音の両方ですぐさま気づき[1]
ものすごく吠えたて、あちらからもこちらからも
アンピトリュオンの息子ヘラクレスにとびついた。
一方で老人にはじゃれついて、さわがしく歓迎をした。
彼は地面から石を拾い上げただけで投げずに
犬たちを追いやった。荒い声で
みなをおどして、吠え声をしずめたが

(1) ホメロス『オデュッセイア』第十四歌二九行以下に酷似。

留守のあいだ、こうして小屋を見張ってくれたので
心のなかでは喜び、次のように言った。
「なんということだ。こんな獣を、主なる神々は
人間の仲間にされた。気の早いやつらだ。
もし頭のなかに分別があって、
いつ吠えかかり、いつ吠えるべきでないかがわかったら
獣の中で右に出るものはないだろうに。
こいつらは、おこりっぽくて荒すぎる」。
こう言った。そして彼らは牛舎へと足を急がせた。

二　領地検分(2)

太陽神ヘリオスが馬の向きを西に変え夕べをもたらした。
すると肥えた羊たちが牧場から
小屋や囲いにもどってきた。
それから次に非常な数の牛たちが次から次へと
雨を含んだ雲のようにあらわれ、やってきた。

(2) この検分はホメロス『イリアス』第四歌二二三行以下のアガメムノンの閲兵を思わせる描写。

強い南風やトラキアの北風に吹かれて空を進み
数知れず切れ目なく空中を行く。
風の力が前へと巻き上げ
後には次のうねりがまた持ち上がる。
このように牛の群れが次から次へとつづいた。
平野全体が、すべての道が、牛の歩みでいっぱいになり
肥沃な畑は鳴き声で満たされた。
牛舎はすぐさま、引きずり足の(1)牛たちであふれ
羊は柵の中に囲い込まれた。
そこにいる数多くの家僕のだれ一人
手をつかねて牛の側にたたずむ者はなく、
仕事に不足はなかった。
一人はきれいに切った革紐で足に木靴(2)を結びつけ、
牛に近づき乳しぼり。
そのあとまた一人が、さかんに温かい乳を飲みたがる幼い仔牛を
母牛の乳房へ連れてゆき、
もう一人は乳桶を持ち、こってりしたチーズをかためる。

(1) 牛の定型形容句。

(2) 汚れた牛舎に入るとき足にはく高下駄のようなもの。この牛舎の汚れをヘラクレスが掃除することになっていた。

また一人は牡牛を連れて、牝牛から離しておく。
アウゲイアスはすべての牛舎に行き
彼の財産に牧人が心を配るのを見守った。
毅然とした力強い英雄ヘラクレスと王の息子(3)が
巨大な領地を検分する王にしたがった。
アンピトリュオンの息子(4)は胸の内につねにゆるがぬ堅固な心をもってはい
　たが、
神の無限のたまものを目にしておどろきあきれた。
こんなにたくさんの群れが一人の男の
いや十人の持ち物であるとさえ、
彼らがどんな王よりずっとたくさん家畜を所有しているのでなかったら、
だれも言えないであろうから。
ヘリオスは己が息子(5)に格別な贈り物を与え
どんな男よりも牛や羊に豊かな者とした。
そのうえ家畜が限りなく繁殖するよう、自身で気を配られた。
牧人の仕事を無駄にする病は

(3) ピュレウス。
(4) ヘラクレス。
(5) アウゲイアス。

牛の群れに近寄らず、
角をもった牛の数は増し
年を重ねるごとに立派になった。
牝牛はつねに健やかな仔牛を生み、牝が多かった。
牝牛に加えて牡牛が長い列をなす。
足の白い黒牛が三百頭に赤牛が二百頭、
すべてが成長した種牛だ。
しかしまたヘリオスの聖牛が別に十二頭[1]、ともに飼われるが
白鳥のように輝かしい色で
すべての牛に抜きんでる。
他の群れから離れて豊かな草を野ではむ様は
まことに誇らしげ。
しかし森の陰から野獣がとびだし
野に出て草はむ牛をおそうとき、
この十二頭は最初にかぎつけて、恐ろしい鳴き声をあげ
殺気立つ目でにらみながら、戦おうと進み出る。
このなかに、力も強さも勇気も特別すぐれた

（1）太陽神に聖別された牛の数は十二ヵ月をあらわすと思われる。ヘリオスの牛の群れに関しては、ホメロス『オデュッセイア』第十二歌一二九行以下が名高い。しかし輝く白という色に関する記述はここにも他の詩にも見られない。

巨大なパエトン(2)という牛がいた。
牧人たちはみな星のようだと言っていた。
他の牛のなかを歩めば、きわだって輝くからだった。
この牛がいま、恐ろしい毛皮を目にして
注意深いヘラクレスに鋭い角の頭を向け、
脇腹を突き刺そうと突進した。
しかし勇士は襲ってくる牛の左の角を豪腕でとらえ
激しい勢いにもかかわらず
その首を下に曲げ
力をこめて肩で後ろへ押し戻したので、
上腕の腱が張り切り筋肉のこぶが盛りあがる。
王自身も、賢い息子のピュレウスも
角もつ牛の飼人たちも
アンピトリュオンの息子の飛び抜けた力を目にしておどろくのだった。

（2）「輝かしい」という意味で太陽神の牛にふさわしい名。神の娘の一人にパエトゥサという名がある。

三　ヘラクレスとピュレウス（獅子退治の語り）[1]

ピュレウスとたくましいヘラクレスの二人はすぐさま
豊かな畑地を後にして町へ向かった。
牛舎からブドウ畑を抜ける狭い道は
緑の葉陰に見え隠れしていたが
急ぎ足で行き、
初めて開けた道に出たそのときに
アウゲイアスのいとしい息子は
右肩越しにふりかえり、
高みに座するゼウスの御子が後を歩むのに向かってことばをかけた。
「客人よ、ずっと昔にあなたの噂を聞きました。
それがあなたのことであればですが、心にかかっているのです。
というのも、私が小さかったころヘリケ[2]出身のアカイア人が
アルゴスからやってきて
大勢のエペイア人[3]の前で話してくれました。
アルゴスの男が目の前で獣を退治した。

（1）ヘラクレスは牛舎を掃除した後、報酬をめぐってアウゲイアス王と争いになり、彼に味方した王の息子のピュレウスとともに逃亡の途につくという状況か。

（2）コリントス湾に面した町で前三七三年に地震で破壊された。この男は、アルゴスから故郷へ向かう途中。

（3）北部エリスの住民。

農夫に災いをもたらす怪獣で、ネメア[4]のゼウス神殿のそばの洞穴を
ねぐらにした恐ろしい獅子だったと。
「その方が、聖なるアルゴスから直接来られたか
ティリュンスまたはミュケナイに住まわれていたかはよく知らない。
だがよく思い出してみるとペルセウスの血筋と語っておられた」と彼は話
した。
アイギアレエス[5]のうちで、これをなした方は
あなた以外にいないと思われます。
体をおおうその獣の毛皮がはっきりと
偉大な手柄を伝えています。
さあ、勇ましい人よ、私が本当のことを言っているのかどうか
得心いくように教えてください。
ヘリケから来たアカイア人が聴衆に語ったあの男とは、あなたのことで
私は正しくあなたを認めたのでしょうか。
それにどうやって、この危険な獣を一人で退治されたのですか。
またどうして獅子が水の豊かなネメア[6]の地に来たのでしょう。
このような有害な獣はアピス[7]の地で見ようと思っても見られません。

（4）アルゴリス北方の地。

（5）ペロポネソス半島北部の海岸地域アイギアレイアの住民のこと。アイギアレイアはアカイアの古名でもある。ここではアカイア人つまりギリシア人といった意味。

（6）ネメアは乾燥地だが、渓谷に川が流れる。

（7）ペロポネソス半島。

ここでは育たないのです。
熊とイノシシとずるがしこい狼の群れしかいません。
それゆえ、あのとき聴衆はこの話におどろき
旅人が嘘をついて無為なおしゃべりで
集まった者の機嫌をとったと考えた者もいました」。
こう言ってピュレウスは道のまん中からわきに寄り、
二人が充分並んで歩けるように
そして相手のことばが聞きやすいようにした。
ヘラクレスは歩調をあわせ、答えて言った。
「アウゲイアスの息子よ、最初の問いには
君がたやすく正しい答えを出した。
だが、この怪物について聞きたいならば、
どういうことがあったか、すべて語って聞かそう。
ただ、獣がどこから来たかについては、アルゴス人の数は多くとも
だれも確かなことは話せないだろう。
たぶん不死の神々のどなたかが、ポロネウス(1)の子らの供犠に怒って
この災いを送られたと推測している。

(1) アルゴスの王。アルゴスの名祖アルゴスの祖父でアピスの父。またアエギアレウスの父か兄弟ともされる（パウサニアス『ギリシア案内記』第二巻一六-一、アポロドロス『ギリシア神話』第二巻一-一）。ポロネウスの子らとはアルゴス地方からの人々の意味。

というのも川の氾濫のように低地全域を
獅子は間断なく荒らし回ったが、
とくにすぐ近くに住んでいたベンビナ人(2)たちの苦しみは堪えきれないほど
だった。
この恐ろしい獣を殺すようにとの命令が
エウリュステウスの課した最初の難行(3)だった。
そこで、しなやかな弓と矢をいれた、うつろなえびらを持って出かけた
のだ。
もう片方の手にはしっかりした皮つきの棍棒。
枝のはった野生オリーブの生木だが、
聖なるヘリコン山のふもとで見つけ
みっしり生えた根もいっしょに引き抜いたもの。
さて、獅子の住む地につくと
弓をとり、弦を弓の刻み目に張り
すぐさま痛みをもたらす矢をつがえ
四方に目をくばり、恐ろしい姿を探した。
向こうに見つかる前に目にしたいものと。

(2) ネメア近くの村。

(3) ヘラクレスはいとこでミュケナイ王のエウリュステウスに十二の難行を命じられ、果たさねばならない。十二の難行の内容と順番には複数の伝承があるが、ネメアの獅子退治は最初にくることが多い。

昼になったが、どこにも気配なく
見ることも、咆哮を聞くこともできなかった。
畑地の畝には家畜の世話をするものも
仕事をするものもおらず、訊ねることもできない。
農場では青ざめるような恐れがみなをとらえていたのだ。
しかし私は葉の茂る峰々で探索の足をとめず、
ついに見つけてすぐさま力をためすこととなった。
まさに夕べも間近、獅子は肉と血をむさぼり
ねぐらに向かうところ。
かたいたてがみも、荒々しい顔も胸も殺戮の血をあび、
舌で顎をなめまわしている。
こちらは藪《やぶ》の陰にすばやく身をかくし、
近づいてくるのを草道で待ちかまえていた。
近くにくるや左胸めがけて矢を放ったが無駄だった。
鋭い矢尻は体を貫くことなくはねかえされて
足下の芝に落ちたのだ。
たちまち獅子は血だらけの頭をすばやくもたげて身構え、

さぐるような眼であたりを見まわした。
開いた口からは貪欲な歯がのぞく。
これに向かって次の矢を弦からおくる。
最初に放った矢が無駄だったのにいらだっていた。
胸のまん中、肺のあるところを射たのだ。
しかし大いなる痛みを与える矢は毛皮を貫かず
前と同じく足下に落ち役立たなかった。
おそろしく失望し三番目の矢をつがえようとしたとき
あたりをねめまわしていた獰猛な獣がこちらを見つけた。
長い尾を足に巻きつけ
すぐさま戦うかまえをとる。
首いっぱいに憤怒があふれ
赤茶色のたてがみは怒りでさかだつ。
背中は弓のように曲がり体全体が腰と尻だけのようにちぢまった。[1]
まるで種々の技にたけた車輪造り[2]が
裂きやすい野生イチジクの木の枝を
まず火であたためて車の輪の外枠に曲げるとき、

（1）襲撃の跳躍準備の姿勢をとったということであろう。
（2）この車大工の比喩はホメロス『イリアス』第四歌四八五行にも見られる。

野生イチジクの板がつかんでいた手からはね
一とびで遠くにとんでゆく。
そのように恐ろしい獅子は肉を喰らう激しい欲望にかられて
突然遠くから跳びかかってきた。
そこで肩にまとった二重衣と弓を左手で前にかかげて防ぎ、
乾いて固くなった棍棒を右手で頭上にふりあげ
獅子の頭を殴りつけた。
野生オリーブの堅い幹は負け知らずの毛深い頭でふたつに折れたが、
獅子は跳躍の途中で地面に落ち込み
足をふるわせ頭をふりながら立っていた。
眼の周りに闇がおり、頭蓋骨への打撃で
脳しんとうをおこしたのだ。
ひどい痛みに意識が朦朧なのを見て
回復しないうちに進み出て、鋼のようにかたい首の根もとをつかんだ。
縫い目のしっかりした矢筒と弓は地に捨てて
力いっぱい強い腕でしめつけたのだ。
爪から身を守るため後ろにまわり

かかとでしっかり後足を地面におしつけ
腿で胴体をおさえつけていた。[1]
それから息の絶えた体を腕でもちあげ、
まっすぐのばして地面に置いたが
魂は巨大なハデス[2]が受け取った。
長いたてがみの毛皮は、どうやって
死んだ獣の四肢からはぎとろうかと考え込んだ。
鉄も石も他の何物でも切れず
むずかしい仕事だったのだ。
そのとき不死の神々のどなたかが、
獅子自身の爪で皮を切り裂くようにと、心に知らせてくださった。
それですばやく皮をはぎ
残酷な戦いの傷のふせぎに身に巻きつけた。
友よ、家畜と人に多くの痛みを与えてきた
ネメアの獣の最後はこのようだったのだ」。

(1) 壺絵で描かれるヘラクレスの獅子退治の姿勢は、正面から向き合っているからこれとは異なっている。

(2) ホメロス『イリアス』第五歌三九五行にも「怪物のように巨大な」ハデスという形容がある。

第二十六歌　バッコスの信女[1]

イノ[2]とアウトノア[3]と白い頬のアガウア[4]の三人が
三組の女たちを山へ率いていった。
よく茂った樫の木からたくさん葉のついた枝を折り
生き生きしたキヅタと、地上に生えるツルボラン[5]を摘む。
浄い野原に十二の祭壇をつくるため
セメラ[6]に三つ、ディオニュソスに九つ
そして籠から手作りのささげものを取り出して
うやうやしく、できたばかりの祭壇に置く。
ディオニュソスの教えのとおり、神の心にかなうよう。
ところがペンテウス[7]が近くにあった乳香[8]の陰にかくれ、
崖の上からすべてを見ていた。

（1）狂乱状態でディオニュソス（バッコス）にしたがうと伝えられる女性信徒。密儀をのぞき見たテーバイ王ペンテウスを、母や叔母たちが引き裂いた。エウリピデスの悲劇『バッコスの信女』参照。
（2）テーバイ王カドモスの娘。
（3）アウトノエのドリス方言。テーバイ王カドモスの娘。
（4）アガウエのドリス方言。テーバイ王カドモスの娘。ペンテウスの母。
（5）不凋花。アスポデロス。
（6）セメレのドリス方言。テーバイ王カドモスの娘。ゼウスによりディオニュソスの母となる。
（7）テーバイ王。アガウエの息子。
（8）マスティク。落葉高木。第五歌一二九行および註参照。

最初にアウトノアが気づいて恐ろしい叫びをあげた。
狂乱のバッコスの聖具をけちらそうとすぐ走る(9)。
不浄な目にふれてはならぬもの。
狂気が彼女をとらえ、すぐさま狂気が他の女たちをとらえた。
ペンテウスは恐怖にかられ逃げ出したが、女たちは
衣を帯にはさみ、ひざまでからげて追いかける。
そこでペンテウスは声をあげた。「女たちよ、どうしようというのだ」。
アウトノアは言う。「聞くより先に、思い知らせてやろう」。
そして、児を産んだばかりの牝獅子のようなうなり声をあげながら
母が息子の首をもぎとった。
イノは足をペンテウスの腹にかけ、肩胛骨といっしょに
腕を引き抜いた。アウトノアも同じことをする。
他の女たちが、のこりの肉を分けあった。
それから、テーバイの町へ、みな血塗《まみ》れでたどりついた。
山から連れ帰ったのはペンテウスではない、悲しみ《ペンテーマ》だ(10)。
でも私は気にかけない。ディオニュソスに憎まれるものは

(9) 密儀の様子や聖具は信徒以外に見られてはならない。

(10) ペンテウスとペンテーマをかけてある。

これよりもっとひどい目にあったとて、かまわない。
九つか十になる少年だとしても。
私自身は浄らかで、浄らかな人の好意を受けたい。
雲楯《アイギス》ふるうゼウスの鷲が誉れをもつように。
敬神の子らには望ましい運命、不敬なやからには不運。

ごきげんよう、ディオニュソス、雪をいただくドラカノン山(1)で
ゼウス大神が、巨大な腿を開いてあなたを産み出した。
うるわしいセメラよ、ごきげんよう、そしてあなたの姉妹
カドモスの娘御も、多くの名婦のあいだで語られる。
ディオニュソスにかりたてられて、なしとげた行ないは
何の咎もない。神々の業をとがめるものはいない。

(1) イカロス島の山、またはトラキアのケルソネソス西方の島。女神ヘラの策略でセメレが焼死したのち、胎児ディオニュソスはゼウスの腿に縫い込まれ、月満ちてからここで産まれたという伝説がある。

第二十七歌　愛の口説《くど》き(1)

……………………………………………(2)

少女
賢いヘレナをさらったパリスも牛飼(3)だった。

ダプニス
ヘレナの方が自分から接吻して牛飼を手に入れた。

少女
いばらないでよ、サテュロス(4)さん。接吻なんてなんでもないっていうじゃない。

(1) 偽作。アプロディテの魅惑の帯には、分別ある者の心をもとろかす愛の口説きの力があるという（ホメロス『イリアス』第十四歌二一六行）。牛飼ダプニスは羊飼の少女をこの力で口説き落とす。

(2) 最初の部分欠落。ここに対話を説明する文と対話のはじめの部分があったと思われる。最後にも地の文があり（六八―七一行）、その後、歌の審判らしき人物の発言が二行つづく。つまり全体が牧歌の歌合戦の一部のように描かれている。

(3) トロイア王妃ヘレネ（ドリス方言でヘレナ）を魅了したトロイアの王子パリスは一時期イダ山で牧人をしていたと伝えられる。

(4) 好色な半人半山羊。

ダプニス
なんでもない接吻だって甘い喜びさ。（少女に接吻する）
少女
でも口をふいてあなたの接吻を吹き飛ばすわ。
ダプニス
唇をふくって？　それじゃあもう一度、接吻させておくれ。
少女
自分の仔牛にすればいいじゃない。未婚の乙女にじゃなく。
ダプニス
いばるんじゃないよ。君の若さは夢のようにはやく過ぎてゆく。
少女
いつかは歳とるにしても、いまは蜜とミルクを飲んでるわ。

ダプニス
ブドウの実は干しブドウになるし、いまはバラでも枯れてなくなるよ。 一〇

少女
手をどけてよ、ほらまた。口をひっかくわよ。 一九(1)

ダプニス
野生オリーブの下に行こう。お話してあげるよ。 二一

少女
いやよ、さっきも甘いお話でだましたじゃない。

ダプニス
楡の木の下に行こう。ぼくの笛を聞かせよう。

少女
自分だけで楽しめばいいじゃない。暗い曲は好きじゃないの。

（1）一九行がこの箇所に移動することについては異論もある。しかし、一八行のあとにくると、一行ずつだった少女のせりふが二行になっておかしい。

ダプニス
なんてことを言うんだ。乙女よ、パポスの女神[1]の怒りに気をつけたまえ。
少女
アルテミスさまが守ってくださるかぎり、パポスの方は気にしない。
ダプニス
だまらないと、女神が矢を放ち[2]、君は逃れられない網[3]に入り込む。
少女
どんなに射られても、アルテミスさまがまた助けてくださる。
ダプニス
エロスから逃れることはない。他のどの乙女も逃れたことがない。
少女
パーンにかけて、私は逃げるの。エロスのくびき[4]は、あなたがずっと負え

(1) 原語はパピア。アプロディテのこと。キュプロス島のパポスで崇拝されているところから(五六行も参照)。テオクリトスの真作品では女神がパピアと呼ばれることはないが、『ギリシア詞華集』ではしばしば例がある。これも第二十七歌が偽作とされる所以。

(2) 弓矢はふつうアルテミスの武器。恋の矢はアプロディテではなく、女神の息子とされることのあるエロスの放つもの。こうした事情を先刻承知の二人は、しりとり遊びのようにからかいあっている。

(3) 第八歌五八行に同様の表現がある。

(4) 第十二歌一五行、第三十歌二八行参照。

ばいい。

ダプニス
エロスが君を、もっと悪い男に与えないかと心配だ。

少女
私をほしがる人はたくさんいたわ。でもだれも気に入らなかった。

ダプニス
ぼくも大勢のうちの一人で、君の求婚者。

少女
でも親しい人、(5) どうすればいいのでしょう。結婚すれば悩みがいっぱい。

ダプニス
ちがうよ、結婚は悩みでも苦しみでもなくて、踊りだよ。

(5) ここで少女は初めて、ダプニスに「親しい人(ピロス)」と呼びかけ、口調を変える。

少女
でも女は夫の前でふるえているって言われるわ。

ダプニス
支配するのは妻の方さ。だれを恐がるっていうの。

少女
お産が恐いわ。女神エイレイテュイア(1)の矢は痛いもの。

ダプニス
でも君の主人のアルテミスがやわらげてくださる。

少女
それでもお産は恐い。きれいでなくなるもの。

ダプニス
けれどもかわいい子どもが生まれて、若返った君が見られる。

三〇

(1) 出産の女神。安産も難産も女神の采配による。女神ヘラもアルテミスも出産に深くかかわっている。

少女
承知したなら、結婚にふさわしい贈り物はなんなの。
ダプニス
家畜の群れ全部に地所も牧場もみな君のものになる。
少女
婚礼の後で、私の意に反して離れていかないって誓って。
ダプニス
君が追い出そうとしたって、パーンにかけて、留まるよ。
少女
私のために部屋を造ってくれる？　家も家畜小屋(2)も建ててくれるの？
ダプニス
君の部屋を造るし、りっぱな群れの世話もする。

(2) 少女の家畜の群れのための小屋である。ホメロス『イリアス』第六歌三一六行参照。

少女
年老いたおとうさまに、いったいなんて言えばいいのかしら。
ダプニス
ぼくの名前を聞けば君の選択をほめてくれるよ。
少女
あなたの名前を言ってちょうだい。名前がうれしいことがあるもの。
ダプニス
ぼくはダプニスだ。父はリュキダス(1)で母はノマイエ。
少女
良い生まれだわ。でも私も低い家柄じゃない。
ダプニス
知っている。君はアクロティメで父上はメナルカス(2)。

四〇

(1) 第七歌に登場する牧人と同名。
(2) 第八歌と第九歌に登場する牧人と同名。

少女
あなたの家のある地所を見せてちょうだい。
ダプニス
おいで。ほっそりした糸杉が生えているのを見ておくれ。
少女
仔羊たちよ、草を食べておいで。牛飼の農園を見に行くの。
ダプニス
牛たちよ、ちゃんと食べるんだよ。乙女にうちを見せるからね。
少女
サテュロスさん、何をするの。なぜ胸のなかをさわるの？
ダプニス
ビロードのようになめらかな君のリンゴに、まずこれを教えてあげよう。

少女
気が遠くなりそう。パーンの神かけて、この手をすぐどけてちょうだい。
ダプニス
元気を出して、かわいい乙女。なにをふるえているの、なにを恐がってるの。
少女
溝《みぞ》の中に倒されて、私のきれいな衣がよごれるわ。
ダプニス
こうやって服の下に柔らかい毛皮を敷いてあげるよ。
少女
ああ、いや。帯を取ったのね。なぜほどくの。

ダプニス
パポスの女神さまにこの贈り物をささげよう。
少女
やめて、いやな人。だれか来るみたいよ。音が聞こえるわ。
ダプニス
糸杉が君の婚礼を語り合っているんだよ。
少女
私の着物を裂いてしまって、もう裸だわ。
ダプニス
それより大きな衣[1]を、また別にあげよう。
少女
何でもくれるって言いながら、あとでは何もくれないんでしょう。

(1) ホメロス『オデュッセイア』第十五歌一〇七、一二六行でも、ヘレナがテレマコスに、彼の未来の花嫁のため、もっとも大きな衣を与える。

ダプニス
できるなら、ぼくの魂だって加えてあげたい。

少女
アルテミスさま、あなたの教えにそむくことをお怒りになりませぬよう。

ダプニス
エロスには仔牛、アプロディタご自身には牛をささげよう。

少女
乙女としてここに来たけれど、妻になって帰るのだわ。

ダプニス
妻で母で子らの養い手、でも乙女ではない。

このようにして彼らは若い肉体の歓びのなかでささやきあい、ひそかな婚礼を終えた。

少女は立ち上がり、羊のもとにもどる。
目を伏せていても胸はうれしく満ちていた。
ダプニスは婚姻の幸を喜び、牛の群れに向かった。

笛をふたたび手にとるがよい、恵まれた牧人よ、
また別の牧歌を聞かせておくれ。

第二十八歌　錘《つむ》[1]

錘は紡ぎ手の友で、輝く目をした女神アタナ[2]が
家事にたけた女たちに贈られたもの。
ネイレウスの光輝く町[3]に私といっしょに元気に来ておくれ。
そこにはキュプリスの神殿がやわらかい葦の緑のなかにそびえ建つ。
あそこへの順風の航海をゼウスに願おう。
友人に迎えられ、再会を楽しむために。
このニキアス[4]はうるわしくうたうカリスたち[5]のもとに生まれたすぐれ者。
そして念入りに細工した象牙の錘、おまえは贈り物として
ニキアスの奥方の手にわたす。
彼女とともにおまえは、たくさんの糸を紡いで、男たちの衣や
なめらかな糸を用いた女たちの上質な服にする。

（1）テオクリトスが友人ニキアスをミレトスに訪問し、彼の妻に錘と献辞の詩をそえて贈る。アスクレピアデス風韻律。錘は女性の仕事と領分の象徴ともされる。

（2）手芸工芸の守護神。アテネのドリス方言。

（3）ミレトス。ネイレウスは伝説上の創建者。

（4）テオクリトスのコス島時代からの友人で、医者にして詩人。ヒポクラテスの創始したコス島の医学校で学び、ミレトスで開業したと推測される。第十一歌と第十三歌で恋に悩んでいた彼も、すでに妻を娶った職業人。『ギリシア詞華集』に彼の名を冠した歌が数編ある。

（5）「ムーサたち」と同じ意味につかわれる。

というのも毎年二回、仔羊たちの母羊は牧場で
踝の美しいテウゲニス(6)のために、やわらかい毛を刈り取らせる。
彼女は働き者で親切で思慮深い。
錘よ、おまえをぼんやりした怠け者の家には連れていかない。
私の故郷でつくられたものだもの。
エピュラ出身のアルキアス(7)が建てた町がおまえの祖国。
トリナクリア(8)の中心で尊い男たちの町。
いまやおまえは多くの治療薬を知る者の家に行く。
人々のつらい病を払う者。
そしてイオニア人のもとで愛すべきミレトスに留まるだろう。
テウゲニスがこの町の女たちのあいだで良い錘をもつと評判になり、
おまえのおかげでいつも歌を愛する客人を思い出すように。
だれかがおまえを見て言うだろう。「まことに小さな贈り物に大きな喜び
がある。
友からの贈り物はすべて価値がある」。

(6) ニキアスの妻。
(7) コリントスの古名エピュラ出身で、伝説上のシュラクサイ創建者。
(8) シチリアのこと。

第二十九歌　少年への愛の歌1[1]

愛する少年よ、酒は真実[2]と言う。
私も酔っているから[3]真実にちがいない。
そこで私も心の底にあることを言おう。
おまえには私を全霊で愛する気持ちがない。
わかっている、私は半分しか生きていない。
おまえの姿を見て生きて、あとの半分は消え失せた。
おまえの機嫌が良ければ幸せな日を過ごし、
おまえが不機嫌ならば暗闇だ。
恋する者をこんなに苦しめるのは、ふさわしいことだろうか。
若いおまえが年上の私の言うことを聞くならば
自分自身のためになり、私をありがたく思うだろうに。

(1) 詩人が恋する少年に向かって、恋人には誠実に対応するように、若さはたちまち過ぎ去るものだと説く。

(2) アルカイオス「断片」六六(Diehl)からの引用格言。プラトン『饗宴』二一七E参照。

(3) 恋のせいで酔ったようになっている。

巣はひとつ、一本の木につくるがよい。[4]
野の獣の近寄ることのない場所に。
ところがおまえは、きょうはこの枝、あすは別の枝と
いつも別のものを求めている。
だれかがおまえのきれいな顔を見てほめると
すぐさま三年越しの友より仲良くなる。
昔からの友をおととい知り合ったかのようにあつかって。
高慢な人気取り[5]のように見える。
だが生涯、友人はつねに一人であるべきだ。
そうすれば町の人々の評判も良く
エロスの怒りをまねくこともない。
彼は人の心をやすやすとくびき[6]にはめ、
かつては鉄のようだった私をも柔弱にした。
だがまだ髭の生えていないおまえの口にかけて、頼むから
思い出してくれ。去年おまえはもっと若かった。
つばを吐くまにも、われわれは年老いてしわが寄り、
若さは二度ともどってこない。

(4) 恋人は一人にすべき。

(5)「あまりにも気まぐれ」との解釈もある。

(6) 第二十七歌二一行、第三十歌二八行参照。

足の重いわれわれには、肩に翼を生やして
飛ぶものがつかめない。
このことを考えて、もっとやさしく私の想いに
誠意をもって応ずるべきだ。
そうすれば、おまえの頬におとなの髭が生えたとき(1)
われわれはアキレウスと彼の親友(2)のようになるだろう。
だが、いま言ったことを風に吹き飛ばし、心の中で
「何をうるさく言ってるんだ、変なやつ」とつぶやくならば、
いまは、おまえのために黄金のリンゴをとりに行き
死者の番犬ケルベロスを連れてこようとも(3)、
そのときには、おまえが呼んだってうちの玄関までさえ出てこない。
恋の苦しみも過ぎ去っているだろうから。

三〇

(1) 髭が生えると少年愛の対象からはずれる。
(2) アキレウスの親友パトロクレスのこと。恋情が去っても友情が残る。

四〇

(3) ヘスペリデスの苑に黄金のリンゴをとりに行くことと、黄泉の国の怪物犬ケルベロスを連れてくることは、ヘラクレスの難行のうちにある。「いまはまだおまえのためにどんな大変なこともやるが」の意味。

第三十歌　少年への愛の歌2[1]

ああ、なんてつらい病にとりつかれたことだろう。
少年への愛が、おこり[2]のように、私をとらえて二ヵ月になる。
容姿は並だが、頭から爪先まで魅力にあふれ
甘い微笑みが頬にうかぶ。
いままでは苦しみがあるときは増し、あるときは軽くなったが
もうすぐ眠りのやすらぎさえなくなるだろう。
というのも、きのうは通りすがりにまぶたの間からちらりとこちらを見て
目をあわせるのを恥じて赤くなった。
するとエロスが私の心をいやましにつかんだ。
新しい傷をかかえてすぐさま家に帰り
私自身の心を呼び寄せて、長いこと話し合った。

（1）少年を恋した年配者が、自分の心と問答し、エロスの強さを諦念とともに受け入れる。韻はアスクレピアデス風韻律。

（2）原意は四日熱。あいだに三日おいて四日ごとに熱が出る。

「まったくいったい何をやっているのか。いつばかげたことをやめるのだ。
こめかみの毛が白くなっているのを知らないのか。
分別をもつべき歳だ。様子ももう若くないのに
青春を楽しむ者たちのように、ふるまっている。
それにこのこともわかっていない。歳のいったものは
少年への愛の苦しみから遠ざかるのがのぞましい。
彼の人生は足速い鹿の仔のように移り行き、
あすには方向を変えて、他を目指す。
甘い花盛りは同年輩と過ごして萎れゆくが
こちらは昔を想い、あこがれが骨まで食い入り
夜に見る夢は多い。
病のつらさが消えるのに一年では足りない」。
これやあれやたくさんのことを、心に向かって説き聞かせた。
すると心が言った。「策謀家のエロスに勝てると思う者は
頭上の星が九の何倍か(1)、たやすく数えられると思う者。
だから私も好む好まないにかかわらず
首を差しのべ、このくびき(2)を負わざるをえない。

二〇

(1) 第十七歌八二行参照。
(2) 第二十七歌二一行、第二十九歌二三行参照。

それがあの神の意志なのだ。
ゼウスやキュプロス生まれの女神[3]の偉大な知性さえゆるがした。
そよ風にもふるえる短命な木の葉にひとしい[4]私など
さっとつかまれ一息でさらわれる」。

(3) アプロディテ。

(4) 人間の人生が萌えては散る木の葉にたとえられている。ホメロス『イリアス』第六歌一四六行参照。

第三十二歌(1)　ベレニケ讃歌(2)

……………………

そして鋤《すき》の代わりに網を持ち、海から糧を得る男が
大漁と好運を願い、魚のなかでももっとも神聖で
レウコス(3)と呼ばれる魚を、夕べに女神にささげまつれば、
投げた網がいっぱいになって海からあがるだろう。

……………………

(1) 第三十一歌は三十余行とみられる断片が残されているが、意味の読みとれる行は一行もない。

(2) アテナイオス『食卓の賢人たち』第七巻二八四aにある断片。原題不詳。題名は訳者による。ベレニケはプトレマイオス一世の妃で、プトレマイオス二世の母。アプロディテによって女神になったとされ、この女神の神格でうやまわれた。第十七歌二四行以下参照。

(3) 白いボラの一種か。

エピグラム

一[1]

この露にぬれたバラの花と、あそこの麝香草《じゃこうそう》の茂みは
ヘリコン山の女神[2]へのささげもの。
癒しの神アポロン、あなたには暗色の葉をもつ月桂樹[3]。
デルポイ[4]の岩をおおう樹なのだから。
そして祭壇では角もつ山羊が血を流すはず。
そこのトクノウコウ[5]の枝先をかじっている白いやつ。

（1）「エピグラム」は『ギリシア詞華集（*Anthologia Palatina*）』に収録されている。絵や浮き彫りや彫刻に付された句や墓碑銘が多い。この句は、第六巻三三五。バラや山羊の描かれた風景画の付句。
（2）詩女神ムーサイ。
（3）アポロンは、彼が恋したために月桂樹に変身したニンフ、ダプネゆえにこの木を愛する。
（4）アポロンの神殿がある。
（5）テレビン樹。
（6）『ギリシア詞華集』第六巻一七七。牧人の道具を描いた絵か浮き彫り彫刻に付されていた

二(6)

きれいな笛で牧人歌をかなでる白い肌のダプニスが
パーンの神にこれをささげました。
穴をあけた葦の茎(7)、曲がった杖(8)、とがった突き棒(9)、鹿皮、
いつもリンゴを入れていた背嚢。

三(10)

ダプニスよ、山で杭をうち網(11)を張りわたしたので
疲れた体を休め、敷き藁の上で眠っているのか。
でもパーンが追ってきている。
黄色い花咲くキヅタをきれいな額に巻きつけプリアポスもやってきた。
二人とも同じものをねらって洞窟に入ってくる。
まといつく眠りをはらって逃げなさい。

らしい句。パーンの神像も描かれていたかもしれない。笛や杖などは牧人の退職か死にあたってささげられるので、『エイデュリア』第一歌や第七歌にうたわれるダプニスの死と関係づけたと考えられる。
(7) 葦笛の一種。
(8) 牧人の杖。
(9) 家畜を襲う野獣を追い払う武器。
(10)『ギリシア詞華集』第九巻三三八。眠っているダプニスをうかがうパーンとプリアポスを描いた絵に付されたと句と思われる。ポンペイなどのヴィラに似たような主題のフレスコ画と付句が発見されている。
(11) 鳥やウサギなどの動物を捕らえようと網を張った。狩るダプニスが、パーンとプリアポスに狩られる立場でもある。

四[1]

山羊飼よ、あの道を行けば樫の木のところで
刻んだばかりのイチジクの木の像を見るだろう。
まだ皮があちこちついていて、足も耳もない。だが子造りの機能が
ついていて、キュプリスの技が可能。
まわりは聖なる場所で崖から
涸れることない泉が流れ出し
あたりに月桂樹や天人花[2]や糸杉を茂らせる。
そこにはブドウも蔓を伸ばし実をつけて
春のツグミが澄んだ鳴き声で
あざやかな節回しを響かせれば
小夜鳴き鳥の群れが蜜より甘い歌をのどをふるわせさえずり返す。
ここに座って恵み深いプリアポスに
ダプニスへの私の苦しい恋がやむように祈っておくれ。
そうしたらりっぱな仔山羊をそなえよう。
だが、祈りがきかれず、あの子が私のものになるならば

（1）『ギリシア詞華集』第九巻四三七。ダプニスに恋する牧人が泉のそばにプリアポスの神像を刻んで置いた。そして自分の願いがかなえられるよう神に祈ってくれと山羊飼に頼む。

（2）ミルテ。漢名は桃金嬢。

三重の供物をささげよう。

仔牛と毛深い牡山羊と小屋飼い(3)の仔羊を犠牲にしよう。

どうか神が、願いを聞き届けられますように。(4)

五(5)

ニンフにかけてお願いするが、二管笛(6)で甘い節を
かなでてくれないか。ぼくはリュラを手に取り、
つま弾きながら合わせよう。牛飼のダプニスが、
蠟づけした笛(7)をうっとりするように吹いてくれるだろう。
洞窟に近い樫の茂みの後ろに陣取って牝山羊の亭主、
パーンの眠りをじゃま(8)してやろう。

(3) 小屋で飼っているので、とくに肥えているという意味か。
(4) 矛盾した願い事だが、これでもってダプニスへの恋の苦しみの激しさと、恋の成就の実現のむずかしさを表現するテオクリトスに典型的な牧歌。第七歌のリュキダスとシミキダスの歌に同じ傾向が見られる。
(5) 『ギリシア詞華集』第九巻四三三。合奏へと誘う牧歌的主題だが、絵や彫刻の付句ではないと思われる。
(6) 二本の管をあわせた笛。
(7) シュリンクス。複数の管を蠟でつけてつくる。
(8) 『エイデュリア』第一歌一五、一六行参照。

六[1]

かわいそうなテュルシスよ、嘆いたとてどうにもならない。
涙でふたつの眼を泣きはらしたとて。
仔山羊は死んでしまった。かわいい子はハデス[3]に行ってしまった。
ひどい狼が爪にかけてさらっていったのだ。
犬たちがまだ吠えているが、なんの役に立つだろう。
骨ひとつだって灰だって残らずなくなってしまったのだもの。

七[4]

幼い息子を残し、自身もまだ若いさかりに亡くなって
この墓に眠るエウリュメドンよ。
あなたは死者のもとにいるが、民は
すぐれた父を思って、息子をうやまう。[5]

(1)『ギリシア詞華集』第九巻四三二。
(2)『エイデュリア』第一歌に同名の牧人が登場する。
(3) 黄泉の国。
(4)『ギリシア詞華集』第七巻六五九。エウリュメドンという名の人物の墓碑銘。多くの歴史上の人物と同名だが不詳。
(5) 父がすぐれた者であることを記憶して、息子を大切にするという死者へのなぐさめの意味かと思われる。

八(6)

癒しの神の息子(7)はミレトスにも来られ
病の癒し手ニキアス(8)を助けられたので、
彼は毎日供物をささげ
この薫り高い杉の木像を奉る。
エエティオン(9)の手練れに高い報酬を約束したので、
名工はこの仕事にすべての技をかたむけた。

九(10)

旅人よ、シュラクサイ生まれのオルトンが忠告する。
酔ったとき嵐の夜の外出は禁物だ。
私の運命もそれできわまって
名高い故郷ではなく異国に葬られた。

(6)『ギリシア詞華集』第六巻三三七。アスクレピオスの木像に付された句。
(7)アポロンの息子、医神アスクレピオス。
(8)テオクリトスの友人で、医者にして詩人。ミレトスで開業。『エイデュリア』第十一歌、第十三歌、第二十八歌参照。
(9)彫刻家。木像の制作者。
(10)『ギリシア詞華集』第七巻六六〇。墓碑銘。

一〇(1)

九柱の女神(2)のみなさまがたが嘉《よみ》したまうよう
クセノクレス(3)がこの大理石のささげもの(4)を供えます。
みなが認めるムーサイの徒で
この技ゆえに名声を得て、ムーサイを忘れることがない。

一一(5)

人相見(6)に長《た》けたエウステネスの墓。
眼から性格を知る才をもった人。
友人たちが異国に死んだこの人を手厚く葬り、
銘の作り手も親しい友だった。
死者にふさわしいすべてがととのえられて、
無力な人相見屋であっても葬礼の助けに不足しなかった。

(1)『ギリシア詞華集』第六巻三三八。ムーサイへの奉納物に付された碑銘。
(2) 詩女神ムーサイ。
(3) よくある人名。
(4) この品が何かは記されていないが、瓶か祭壇ではないかと推測されている。
(5)『ギリシア詞華集』第七巻六六一。職業的に人相見を営んだか教えたらしいエウステネスという人物の墓碑銘。
(6) アリストテレス『人相学』八〇六a二八参照。
(7)『ギリシア詞華集』第六巻三三九。合唱隊競技に優勝した感謝のささげものである三脚台

一二(7)

ディオニュソスよ、合唱隊指導者(8)のダモメネスが三脚の鼎と
ご自身の像を神々のうちでもっとも甘美なあなたにささげました。
すべてのことに賢い人でした。美しくふさわしいものをととのえて
男性合唱隊で優勝したのです。

一三(9)

このキュプリスさまは万俗ではなく天上の女神(10)と
祈りの時には、お呼びしなければなりません。
アンピクレスの家で貞淑なクリュソゴナがささげた神像。
女神さま、はじめからあなたとともにいた二人は
子どもたちと暮らしをともにして、年ごとに幸いを増しました。
不死の神々をうやまう人間は、自分自身に幸運を招くものだから。

とディオニュソスの像、あるいは浮き彫りにつけられた銘。後半の二行は、墓碑銘の性格をもつので、ダモメネスの死後つけ加えられたものかもしれない。

(8) コラーゴスまたはコレーゴス。合唱隊を指揮指導する者、または費用の寄進者で、優勝すれば栄誉は彼に帰する。

(9)『ギリシア詞華集』第六巻三四〇。家庭の祭壇に立つアプロディテの像に刻まれた銘(「エピグラム八」参照)。アンピクレスの妻クリュソゴナが家庭の幸福に感謝してつくらせたもの。

(10) 万俗的と天上的の二種のアプロディテが別々に、または二体あわせて祀られていた形跡がある。プラトンの『饗宴』一八〇Dで、エロスが万俗的(パンデモス)と天上的(ウラノス)に分別されている箇所も有名。

一四(1)

土地の方にも異国の方にも、この銀行は同じようにお役に立ちます。
預金なされば、引き出すときに利子が計算されます。
他の業者が逃げ口上を言うときも、カイコス(2)はお客さまのため
お望みならば夜でも仕事をします。

一五(3)

旅人よ、あなたが高貴な者を尊ぶか
低い者とまったく同じにあつかうか、見分けよう。
「この墓に祝福あれ」と言ってくれたまえ。
「エウリュメドン(4)の尊い頭の上に土が軽からんことを(5)」。

(1)『ギリシア詞華集』第九巻四三五。両替商か銀行の看板か広告。

(2) この銀行家の名前。ミュティレネ近くに流れる川の河神にちなむので、出身地がわかる。

(3)『ギリシア詞華集』第七巻六五八。墓碑銘。

(4)「エピグラム七」の死者と同名。

(5) 死者がやすらかに憩うよう、墓土が軽くあれとの祈り。

一六[6]

この少女はあまりに早く人生のはじまる前に
七つの歳にハデス[7]に向かった。
あわれな子どもよ、おまえは弟のあとを追ったのだ。
二十ヵ月で痛ましい死を遂げた弟の。
ああ、不幸にみまわれたペリステレ[8]、
なんという悲しみを神は人間におくられることか。

一七[9]

異邦の人よ、この立像をよくながめ、
故郷にもどったら言っておくれ。
「昔の歌人のなかでも、きわめてすぐれた
アナクレオン[10]の像をテオス[11]で見た」と。
それに「少年たちと楽しんだ人だった」とつけ加えたら

(6)『ギリシア詞華集』第七巻六六二。幼い姉弟の墓碑銘。
(7) 黄泉の国。
(8) 子どもたちの母親。
(9)『ギリシア詞華集』第九巻五九九。テオスの詩人アナクレオンの像に刻まれた銘。
(10) ピンダロスやスーダ辞典によると、この詩人は酒と女と詩と少年を愛したという。
(11) イオニアの町。アナクレオンの生地。

かの男のすべてを正しく語ったことになる。

一八(1)

ここのことばはドリス語、そしてエピカルモス(2)もドリス人。
喜劇の創始者だ。
バッコスよ(3)、かの人の銅像をあなたにささげたのは
彼自身ではなく
偉大なシュラクサイの町に住む人々が
同郷の士の賢い弁説《べんせつ》をたたえ、
ふさわしく報いたもの。
若者たちに多くの人生知を
さずけたのだから
感謝の念も大きい。

(1)『ギリシア詞華集』第九巻六〇〇。シュラクサイの詩人エピカルモスの像に刻まれた碑銘。同人の像についての記述は、ディオゲネス・ラエルティオス『ギリシア哲学者列伝』第八巻七八にも見られるが、こちらは別の像。
(2) エピカルモスが喜劇の創始者という説はプラトン『テアイテトス』(一五二E)以来ある。アリストテレス『詩学』一四四八a三三参照。
(3) バッコス(ディオニュソス)にささげられていることから、この像が神に関わり深い劇場の中に建てられていたと推測される。

一九(4)

詩人ヒッポナクス(5)ここに眠る。
悪しき者は墓塚に近づくな。
良き家柄の正しき者なら
臆することなく腰おろし、望めば昼寝するもよし。

二〇(6)

少年メデイオスがトラキア人の乳母のため
クレイタと記した墓を道ばたに建てさせた。
彼女は男児に与えた世話への感謝を受け
本当にいつまでも善き女と呼ばれることだろう。

(4)『ギリシア詞華集』第十三巻三。韻律は跛行短長三音格。ヒッポナクスの墓碑銘として書かれているが、詩人の本当の墓のものとは考えにくい。
(5)エペソス出身の詩人。

(6)『ギリシア詞華集』第七巻六六三。トラキア出身の乳母に世話された少年が、彼女のために建てさせた墓の銘。

二一[1]

立ち止まってアルキロコス[2]を見るがよい。
古い詩人で短長韻の歌い手。
その名は日の入るところから出づるところにひろがり
まことにムーサイとデロスの神アポロンに愛された。
歌に満たされ技に長け
詩行をつくりリュラ琴にのせてうたった人。

二二[3]

ゼウスの息子の獅子との戦い、輝かしい手柄、
なしとげられた武勲の数々を
古来の詩人のうちで初めて
歌ってくれたのは
カミロス生まれのペイサンドロス[4]。

(1)『ギリシア詞華集』第七巻六六四。詩人アルキロコスの像の銘。像の場所に言及されていないが、「エピグラム一七」、「一八」、「二二」と同様に詩人の故郷だとすればパロス。

(2)新しい詩風のみでなく、音楽にも新しい試みを行なったと伝えられる。プルタルコス『モラリア』一一四〇F参照。

(3)『ギリシア詞華集』第九巻五九八。叙事詩人ペイサンドロスの銅像の碑銘。詩人の生地ロドス島の北西岸の町カミロスに町の公費で建てられたと思われる。

(4)この詩人に関するくわしいことは不明。このエピグラムが彼に関する最古の記事。ヘラクレス武勲詩二巻を残し、ヘラクレスに初めて棍棒を持たせたとも伝えられる。ヘラクレスはプ

この詩人の銅像を、生まれ故郷の人々が
何月も何年もあと
ここに造って建てたと知るがよい。

二三(5)

これは墓とその下に眠る者を知らせる碑銘。
私はグラウカと呼ばれた女人の塚。

二四(6)

アポロン神へのこの供物は古いが、
台は新しい。
これより二十年、あれより七年、五年、十二年
けれど、それよりは二百年も若いという

トレマイオス家の祖先とされていたうえに、プトレマイオス一世はロドスで生まれ、島民から救世王（ソテル）の称号と得て、神とあがめられていた。

(5)『ギリシア詞華集』第七巻二六二。女性の墓碑銘。このエピグラムはテオクリトスの作品を集めた『牧歌集』(解説参照)には載っておらず、『ギリシア詞華集』にのみテオクリトスの作としてある。

(6)『ギリシア詞華集』第九巻四三六。「エピグラム二三」と同じく、『牧歌集』にはなく『ギリシア詞華集』にのみ掲載されている。年代の異なる供物の足台に刻まれた碑銘。競技会などの供物であるがゆえに、年代が記録されていたものか。

こんな大きい数が数えられるのだ。

二五(1)

人よ、命を大切にして、時ならぬ航海をしてはならない。
人の命はいずれにせよ短いもの。
あわれなクレオニコス(2)、おまえはゆたかなタソス(3)に行こうと
シュリア(4)の谷から商いに出かけた。
商人クレオニコスよ、スバル(5)が沈むときに
海に出たおまえはスバルとともに海に沈んだ。

二六(6)

かつて牧歌のムーサイは散らばっていたが
いまやすべてが、ひとつの囲いに、ひとつの群れに集められた。

(1) 偽作。『ギリシア詞華集』第七巻五三四。墓碑銘。
(2) よくある男名。
(3) エーゲ海北部の島。
(4) プトレマイオス時代にはフェニキアとパレスティナ全域を指した。
(5) 巨人アトラスの七人の娘といわれる七つの星プレイアデス星団。五月中旬から十月末まで見える。この星座が見える時期が航海に適した季節とされる。
(6) 偽作。『ギリシア詞華集』第九巻二〇五。アルテミドロス(前一世紀後半)が『牧歌集』に付したものかと考えられる。

二七(7)

キオス人ではない(8)テオクリトスがこれを書き記した。
私はシュラクサイ生まれの大勢の市民の一人。
プラクサゴラスの息子で、母は名高いピリンナ。
決して別のムーサイ(9)に関わることはない。

(7)『ギリシア詞華集』第九巻四三四。出身地と両親の名と詩風について語っているが、後代の偽作と考えられる。

(8)「キオス生まれとされるホメロスではない」という意味。しかしながらキオス出身のテオクリトスというソフィストもいたというので、「キオス生まれではなくシュラクサイ生まれのテオクリトス」という意味かもしれない。

(9)ここでは「詩作品」といった意味。同じ叙事詩でもホメロス的な長編戦記ではなく、詩風もテーマも異なる牧歌の詩人であるとの自負。

解説

ヘレニズム時代の詩人テオクリトスは牧歌の元祖と言われている。彼の作品は『エイデュリア（Eidyllia）』と呼ばれるが、ギリシア語で「小景詩」というほどの意味である。牧人が野山でうたう様子を描く作品が多いので、現代では英語の idyll などが、「田園詩」「牧歌」といった意味をもつようになった。しかしながら、近代以降の自然描写詩とは異なることが作品をみても明らかである。この詩人の生涯と作品から、古代詩人テオクリトスの牧歌の特徴を探ってみる。

生　涯

テオクリトスの伝記的史料は非常に少なく、ほとんど作品のみといってよいだろう。生涯については、彼自身の作品が与えてくれる情報をもとにするしかない。生地がシチリア島のシュラクサイだったということは、『エイデュリア』第二十八歌一六―一八行でかなりはっきり言われている。また第十一歌七行でも、自分がシチリア島人だと言明しており、これを疑う理由はない。しかしながら詩人の生年と没年についてとなると、正確にはなにもわからない。紀元前三一〇年から三〇〇年のあいだに生まれ、二七〇年から二六〇年のあいだに逝去したと推測されているが、かなりあいまいな数字である。彼の作品のうち成立年代がもっとも確実に特定できるのは第十七歌のプトレマイオス二世讃歌だが、これは一二八行で言及される王妃アルシノエが紀元前二七〇年に死去しているところから、この年代以前につくられたであろうとされているだけのことである。この詩をうたったのは三十代だったろうと、ここから生年を割り出したので、十年の幅ができてしまうのである。

もうひとつの讃歌、第十六歌も年代を考慮するのに役立っている。シチリア島の僭主ヒエロン二世がたたえられているが、彼が支配権をにぎったのは前二七五／七六年だから、彼をたたえる讃歌がつくられたのはこれ以後のはずである。しかも第十六歌は第十七歌のまえにうたわれたと考えられるので二七五年から二七〇年のあいだに両讃歌が成立している。つまりテオクリトスは、まず故郷のシチリア島で詩作の後援者を得ようと、権力者ヒエロン二世をたたえた讃歌をうたった。しかしこの支配者が戦争に気を奪われていたためか、芸術に興味も理解もなかったためか、ヒエロンの支援を十分に受けることにはならなかったらしい。そこでアレクサンドリアに出かけ、「文芸好き」のプトレマイオス二世に認められ、名声も高まっていったと考えられる。

もちろん、このふたつの歌からの年代特定と詩人のパトロン探しに関しては、異論が出されても確実な反証はなく、多分に推量にもとづくものである。たとえば第十六歌は権力者に庇護を願うにしてはあまりにも凜としすぎているという意見もあろう。詩人を大切にするのが偉人の役目なのにこのごろは金に執着すぎると嘆く。

金の亡者よ、長持のなかのたくさんの金が何の役に立つ。
賢い者はそんな富をとっておかない。
心の楽しみに用い、歌人に与え、
多くの親族や数多くの他人にふるまい、
つねに神々に犠牲をささげるものだ。
客に対して決してけちらず、食卓では親切で
客が帰りたいときだけ送り出す。
なによりムーサイに仕えるものをうやまうので
黄泉の国に隠れたのちも名声高く、
冷たいアケロンの岸辺に忘れられて悲しむことがない。

（第十六歌二二─三一行）

また戦いよりは平和を重視する理想の支配者像を描いてこのようにあれと教える。就職活動にしては、あまりにも雇い主に対して忠告教訓を語りすぎる印象を与える。そして生活は苦しくとも志を曲げずに詩人道に邁進する決意を語る。

だれからも呼ばれないなら私は家に留まろう。
けれども招いてくれる人のところへは私のムーサイといっしょに自信をもって行こう。

（第十六歌一〇六─一〇七行）

この第十六歌に比して、第十七歌のプトレマイオス二世賛美はかなり定型的で美辞麗句に終わっている。ひょっとしてこのふたつの歌の順序は逆で、ヒエロン讃歌はテオクリトスがプトレマイオス二世のもとで生

活の安定を得てのち、讃歌のかたちをとりながらも支配者への批判と教訓のためにうたわれたのかもしれない。

このように僭主や王に関する史料を通じ、かろうじて年代が推量できるテオクリトスであるが、牧人の歌に親しみ市井の人々の生活を詩材に取りあげる庶民派だったといえる。もちろん近代的な民主派というわけではない。コス島の貴族に招かれ嬉々として収穫祭に向かうし、先に述べたように模範的なプトレマイオス二世讃歌をうたってもいる。それでもアレクサンドリアの大図書館で文献学にいそしむ学者ということではなかったらしい。後述するように当時の学者詩人カリマコスのように博識を前面に出し、研究成果を歌にする詩風とは異なっている。神話や英雄伝説も題材に取りあげるが、名もなき羊飼や牛飼や町民が恋に悩む様子が多く描かれる。

いずれにせよテオクリトスは故郷のシュラクサイでは詩人として受け入れられず、シチリア島をあとにした。第四歌、第五歌にみられるように南イタリアの地名や植物にくわしいことからこの地に滞在したことがわかる。シチリアからイタリア半島に渡ったのであろう。そして、彼の生涯にさらに大きな意味をもったのがコス島である。当時この島は医神アスクレピオス信仰がさかんで、博物学者テオプラストス（前二八七年没）や医師ヒポクラテスの影響を受けた医学校があった。テオクリトス自身は医者にならなかったが、医師や薬学者との交流が多かったようである。第六歌と第七歌に登場する詩人のアラトスや第十一、十三、二十八歌で呼びかけられるニキアスとは、この地で知り合ったものであろう。アラトスは当時の抒情詩人アラトスとは別人だが、ニキアスの詩は『ギリシア詞華集』にも数多く載せられている。

コス島の貴族との交流を描いた第七歌「収穫祭」の語り手シミキダスは作者自身の分身かと思われるが、彼は自分の詩の評判が玉座に届いていると語る。もちろんまだ若輩で、コス島の大詩人ピリタスやサモス島のシケリダスには及ばないと謙遜してみせるが、すでに詩人として世に名をなしているとの自信があったとも考えられる。この歌の冒頭で述べられるように、コス島の領主から招待され、敬意をもって遇されている。さらに九三行では「この評判は、きっとゼウスの玉座までのぼっているだろう」と胸をはるが、これは自分の名前がプトレマイオス二世の耳にも届いているという意味に解釈できる。ということはシチリアから南イタリアへ赴き、コス島の滞在を経てアレクサンドリアに向かい宮殿に迎えられたかと推測される。

このようにテオクリトスの生涯をたどるときは、多くの部分を作品の叙述をもとにした推測に依ることになる。しかしながら作品に事実が述べられていたとはかぎらず、読み手にさまざまな解釈をさせる余地もある。最初に述べたように確実なことはほとんどない。作品のほかの伝記史料としては後代の『スーダ事典』と「古註（スコリア）」もあるが、新しい事実を提供するものではない。この二史料と「エピグラム二七」（偽作）には詩人の両親の名が記されている。父はプラクサゴラスまたはシミキダスで、母は「名高い」ピリンナという。けれども名前以外の情報も名前に関する情報もなく、シキミキダスという名前は第七歌の語り手からの類推であることはかなり明らかである。出自も謎に包まれていると言うほかない。

没年に関しても前二七〇年以後、消息が絶えているということだけで、死の場所も死因もなにひとつ伝えられていない。

作　品

一　作品集

詩人の死後およそ二百年を経た前七〇年頃、文法家のアルテミドロス（Artemidoros）が、テオクリトスの作品を含んだ『牧歌集』を編纂した。巻頭には「かつて牧歌のムーサイは散らばっていたがいまやすべてが、ひとつの囲いに、ひとつの群れに集められた」（「エピグラム二六」）と記されている。テオクリトスの名を冠したエピグラムだが、たぶん編集者アルテミドロスの意図をあらわしているのだろう。詩集のはじめには、典型的な牧歌が多く載せられている。アルテミドロスの息子テオンは、テオクリトスの作品に注釈をほどこしこれが現在までもつたわる「古註」のもととなった。

この詩集におさめられた歌がすべて、いわゆる「牧歌」というわけではない。第十六歌、第十七歌のような王への讃歌もあれば、第二十二歌の双子神讃歌や第二十六歌「バッコスの信女」のようなバッコス（ディオニュソス）讃歌もある。第二十四歌、第二十五歌ではヘラクレスの勲がうたわれ、第十八歌ではヘレネの婚礼というように神話伝説をうたったものもある。またアレクサンドリアの主婦が二人でアドニス祭に赴く様を描く第十五歌は小戯曲（ミモス）である。形式も人物のせりふのみのものもあれば、せりふと地の文があるもの、一人の語りもある。人称も一人称語りあり三人称ありと工夫されている。またジャンルがまたがった作品もある。

このようにテオクリトスの作品は題材も形式も変化に富むが、どれも短い詩である。当時あったという文学論争を思い起こせば事情がはっきりする。アレクサンドリア時代の詩人たちが、長詩と短詩の優劣を争ったという。ホメロスの伝統を受け継ぐ長編叙事詩か、題材をしぼり一字一句を彫琢した小詩かである。前者の主張者はロドスのアポロニオスで後者の代表はアレクサンドリアのカリマコスだったといわれているが、この点は確実ではない。アポロニオスの代表作『アルゴナウティカ』は、たしかに長い詩ではあるが、短いエピソードの積み重ねであってかならずしもホメロス的長詩と同じではない。

いずれにせよテオクリトスは短詩論に与《くみ》したとみられる。第七歌では登場人物のリュキダスに言わせている。

ぼくだって、オロメドンの山みたいな家をつくろうとする大工や
キオスの歌い手に並ぼうとがなりたて
無益な努力をする歌女神の鳥たちがだいきらい。
(第七歌四六―四八行)

つまり、長さだけはホメロスに並ぶ詩を、大詩人の才能もないのに作る亜流詩人への批判である。テオクリトスの作品自体は『イリアス』『オデュッセイア』の何万行に比して、三百行を超えることのない短さである。そのうえ題材が神々と英雄の雄々しさより、市井の人々の喜怒哀楽に集中している。これもカリマコス等のアレクサンドリア詩人の特徴である。カリマコスは『アイティア(起源物語)』の冒頭で、長大なユーフラテス川の泥水よりも小さな泉の澄んだ流れを選ぶと言う。また彼の「エピグラム」六や二七では、こけおどしの大きなテーマが詩の質を高めるわけでもないと主張される。そこでたとえ神々や英雄を描いても、幼

児期のかわいらしい姿や酒に酔った様を中心におく。テオクリトスの第二十四歌のヘラクレスも毛皮にくるまれて母親に寝かしつけられるし、第十七歌ではこの英雄が天上の宴で酔って寝床に運ばれる。第八歌や第十一歌のポリュペモスも、『オデュッセイア』に描かれるような荒くれ巨人ではなく、片恋に悩むあわれな若者である。

二 牧歌

こうした点はカリマコス等の他の詩人と詩風を同じくしているが、テオクリトスの特徴はなんといっても「牧歌」であろう。独語、英語の「牧歌」は、Bukolik, bucolic であるが、ギリシア語のブーコロスに由来する。これは「牛飼」という意味で牧人の代表者である。牧人には羊飼も山羊飼もいるが、牛飼が一番上のクラスに属するという。テオクリトスにおいてはブーコリアゾーという動詞が「牧人歌をうたう」という意味で用いられる。西洋諸語の「牧歌」はこれに由来する。また「羊飼歌」(たとえば独語のシェーファー・ディヒトゥング)の伝統もここに端を発する。ローマ、フランス、ドイツ、イギリスとさまざまな変遷を経た「牧歌」であるが、テオクリトスがその元祖とされるのである。

アレクサンドリアの詩の特徴はまた、全ギリシア的に知られた神話伝説のみならず、あまり有名でない地域独自の神話や祭祀を取りあげるところにある。そして高名な英雄のみならず庶民の生き方に注目する。プトレマイオス二世の図書館で文書研究にいそしむ博学な学者詩人が、民俗学的関心から研究をすすめたということもあろう。前述のカリマコス『アイティア』もそのひとつで起源・因縁物語集である。こうしたなかでテオクリトスは牧人の生活と歌に関心をもったと思われる。アレクサンドリアの庶民の生活ぶりも描いてはいるが、牧人の歌と笛と歌合戦を高く評価して作品に描き出したのである。

彼の詩に登場する牧人の歌がどの程度、現実を反映するかを知るのはむずかしい。第七歌のリュキダスは「真正の山羊飼詩人」として、服装から持ち物から匂いにいたるまで細かく描写されているが、彼のうたう歌が、現実の牧人の作品と言えるかどうかの判断は、真正牧人詩が残されていないため不可能である。研究者の意見も現実派から虚偽派までさまざまである。なかには、このリュキダスが都会の詩人の扮装だとする考えまであるが、あまりに近代的思考といえよう。テオクリトスの志向は、羊飼に扮して遊んだ後世の王侯貴族とは別である。プティトリアノンで「田園生活」を楽しんだマリ・アントワネットと同列にはできない。

テオクリトスは実際の牧人歌を知り、題材、語彙、歌い方などを採り入れながら、彼独特の牧歌をつくりあげていったと考えられる。しかしそこに「都会人の田舎へのあこがれ」や「町の喧噪から逃れた静謐」が見られるというわけではない。都会と田園の対立概念が確立しているとは言えない。こうした対立概念は、ローマの詩人たちが創り出した、いやもっとずっと後の近代自然観の産物であるとの説もあるが、いずれにせよテオクリトスの概念ではない。そもそも人間と自然が峻別されていたともみえない。第七歌「収穫祭」の疲れた旅人をなぐさめるのは、涼しい木陰と鳥や虫の歌声のみならず、積み上げられた豊かな収穫物であり七年ものの美味なブドウ酒である。「純粋に非人工の自然」が格別に尊重されているわけではない。

葉の茂る緑の木々に花の咲き乱れる野、澄んだ流れをつくる泉や小川に鳥の鳴き声や蜜蜂の羽音を配した「甘美な場所（locus amoenus）」が、現在にいたるまで伝統的に牧歌の舞台である。しかしテオクリトスの描く場景は「手つかずの自然」とはちがう。人が心地よく横になれるよう刈り取って積み上げた葉や草や花のしとねも、牧畜の産物である毛皮や肉や乳やチーズも同じく心をなぐさめる。「人間的けがれ」を排した「清い自然」だから心が洗われるというのではない。

J・リッターの説によると、古代人は自然のなかに神を見て恐れたが、時代がくだるにつれ人は自然の中に自分を利するものを探す。しかし近代になると「額に入った風景画」のように自然を審美的に鑑賞するようになるという（J. Ritter, *Subjektivität*, Frankfurt 1974）。主体と客体の分裂がおこるにつれて自然への接し方が変化するというのである。他にも同じような観方をする思想家は多い。しかしながら、こういった自然観の「発展」ないし「時代ごとの変化」を前提にする考え方は、あまりに図式的すぎて、テオクリトスのみならずどの詩人の作品にもあてはめることができない（拙著『牧歌的エロース――近代・古代の自然と神々』参照）。

第七歌「収穫祭」ひとつをとってみても、豊穣の女神デメテルや泉のニンフをうやまい感謝しながら、果樹栽培のリンゴも野生のスモモも畑の穀物も胃袋を満たす美味として享受する。それでいてセミや鳥の鳴き声を甘美で美しいものとして観想する能力は十分そなえている。そうでなければ周囲の光景からうたうべきものを注意深く選択して、一字一句ねりあげた詩に歌い上げることは不可能である。古代人テオクリトスは神々に呼びかけながらも、恐れおののくばかりではなかった。神力のよってくるところを十全に理解して敬意を表する賛美の仕方を知っている。森を見ては木材の伐採を、流れを見て水車による動力の利用を考える利益優先でもない。「心楽しく」美しさを愛でながら、心の慰めのみを目的として絵画のように風景を眺めるのではなく、大いに飲み食いして女神の恵みを満喫している。

ヘレニズム時代のテオクリトスの牧歌継承者として名が知れているのは、シュラクサイのモスコスとスミュルナのビオンである。前者は前二世紀なかば、後者は二世紀末に活躍したが、こうしたテオクリトスを直接受け継ぐ牧歌の伝統は前一世紀まで続いたとみられる。ローマではウェルギリウスが部分的にはテオクリトスの翻案ともいえる詩集『牧歌（エクロガ）』を編んでいるが、彼なしには古典的牧歌の伝統が近代まで受け継がれることがなかったであろうと思わせる秀作である。また紀元後二、三世紀の牧歌的ロマン『ダフニスとクロエ』もこの流れをくむものである。

三　恋の癒し

さて牧歌の主題であるが、単に牧人の生活と場景をうたうのみではない。多くは恋の悩みと密接に結びついている。後代の牧歌の典型は、羊飼と羊飼娘の恋の鞘当てといきちがい、誤解と和解ということになってしまったが、テオクリトスの場合は満たされることのない恋の悩みと癒しの模索が主題になる。恋は狂気のように襲ってきて、命にかかわる恐ろしい病のようなものである。なにか治療法を見つけないと死んでしまうのだが、テオクリトスの勧める薬は詩女神《ムーサイ》の処方する歌である。恋の病を治す詩歌とはいかなるものか、テオクリトスの歌をみながら考えてみる。

第一歌でテュルシスがうたうダプニスは不思議な死に方をする。彼が恋におちて衰弱してゆくので、父親のヘルメスやプリアポスやアプロディテまでが見舞いにやってくる。相手の少女は森や泉を駆け回ってダプニスを探しているというのだから、彼が片恋に悩んでいるわけではない。アプロディテが言うように恋の神エロスを組み伏せようとして果たせないため衰えてゆくのである。エロスは逆らいがたい美へのあこがれであり、かわいい乙女を見て焦がれないでいるのはほとんど不可能である。それなのにダプニスはかたくなに少女への恋を成就するのを拒んで死を選ぶ。黄泉の国に行ってもエロスに負けないと強情なことばを残して三途の川の流れに巻き込まれてゆく。

歌のはじめでテュルシスはムーサイに向かって、なぜあなたがたはこのとき来てくれなかったかと問う。ダプニスを救うことができたのは女神たちだけだったのに、彼女らがそばにいなかったため、この悲劇が起こってしまったというのである。ヘルメスにもアプロディテにもできなかったが、詩こそダプニスを死の淵から引き上げる唯一のものだった。ダプニスは他の詩にもあるように優れた牧人詩人である。だがこのときはムーサイの助けがなく、歌の力で命を救うことができなかったというのである。

すぐ了解納得とはいいがたい奇妙な主張だが第十一歌で、もうすこしわかりやすく述べられている。「エロスを癒す薬はほかにない、ニキアスよ、思うに塗り薬も粉薬もない。ピエリアの女神のみが人の痛みをやわらげ甘くする」(一―三行)と恋に悩む友人ニキアスに教え諭す。この主張の正しさの例証にテオクリトスは一眼《ひとつめ》巨人ポリュペモスの恋を持ち出してくる。この巨人は若いころ、海のニンフ、ガラテイアへの片思いに苦しんだが、歌をうたって治したというのである。どのような治療法かと彼の歌をみてみると、まず自分の置かれた状況をうたい、どうして恋が生まれたか、なぜこの恋がうまくいかないのか述べあげている。

容貌魁偉な巨人に対して、乳のように肌の白いニンフは一顧だに与えない。そのうえガラテイアは海に付属するニンフなのに、ポリュペモスは泳ぐこともできない陸の住人だから、二人が一緒になるのがいかに不可能か次第に明らかになる。いくら呼びかけても応答のない相手に絶望した巨人は、母を逆恨みして、病気になって心配させてやると理不尽なことを言いだす。ここまできたとき歌い手ははっと気がつく。自分がいかに危険な状態に陥っているか、このままでゆくと破滅するほかない危機である。そこで非現実的な恋をあきらめ、日常の仕事にもどろうと決心する。

このようにしてポリュペモスは歌でエロスの悩みをなだめたので、
医者に金を払うよりずっとうまくいったことだった。
（第十一歌八〇―八一行）

同じく失恋の苦しみに堪えかねてうたうのは、第二歌のシマイタである。彼女は自分を裏切った恋人をまじないで呼び戻そうと、月明かりのもと惚れ薬をつくる。それから月の女神に向かって、「私の恋がどこから来たかを聞いてください」とうたいかける。一目惚れで陥った恋がいかに苦しかったか「私の肌はすっかり黄染木《タプソス》のようになり……」（八八行）との表現はサッポーの断片を思い起こさせる描写である。「汗がふき出し、ふるえが全身をおそう。草の葉よりも青くなり、ほとんど死んでいるような思い……」（サッポー「断片」三一（Diehl））とレスボスの女詩人はうたっている。サッポーにとっても恋は肉体的症状を伴う危険な病である。

激しい恋に陥ってから恋人に去られるまでの顚末を、月の女神に向かってかきくどいているうちに、シマイタにはまじない薬が何の役にも立たないとわかってくる。どのようにしても恋する人がもどってくることはない、それならいっそ殺してしまおうか、自分の長持には毒薬がしまってあるのだからと、やけになったシマイタの眼に沈みゆく月と消えゆく星、静かに白みゆく夜明けの空がうつる。そのとき彼女の心は鎮められ「おやすみなさい、お月さま、……私はこの恋をいままで耐えてきたようにこれからも負っていきましょう」（二六四－一六五行）と挨拶をおくる。彼女は恋の苦しみをすっかり忘れて完治したわけではないだろう。痛みを「これからも負ってゆく」ことになるだろう。しかし、歌のおかげでダプニスのように命を失うことは避けられたのだ。

恋の悩みが歌によってやわらげられるのは、心の中をはき出し発散してすっきりする効果もあるだろう。しかしそれだけではない。自分自身と自分の置かれた状況とエロスの本質を、正確に明瞭にみきわめようとする精神活動だと思われる。ポリュペモスの歌もシマイタの歌も叫声やため息の羅列ではなく、自分の容貌や、生活様式、相手の性格や自分との関係が、かなり鋭い観察眼で描かれている。そこから恋の神エロスの力がいかに強力で抵抗しがたいものであるかが見えてくる。

罠にかかってもがいているような状態から逃れるためには、まず罠の性質を知り状況判断をしなければならない。歌は罠の構造をはっきりさせ、ときにははずし方も教えてくれるかもしれない。ポリュペモスの解決は、海のニンフが振り向いてくれないなら陸上の女の子がいるからいいさと手近の代替物で気を紛らわせる妥協である。また何の得にもならない海への呼びかけをやめて手元の羊の乳をしぼり利を生む仕事を選ぶという損得勘定でもある。シマイタの場合はあきらめに近く、たぶん一時的な安らぎで、次の日もその次の日も、痛みは容易に去らないであろう。それでも二人は歌をうたったおかげで死なないですんでいる。

まことにエロスの力は偉大で、

策謀家のエロスに勝てると思いこむ者は

頭上の星が九の何倍か、たやすく数えられると思う者。
だから私も好むと好まないにかかわらず
首をさしのべ、このくびきを負わざるをえない。
（第三十歌二五―二八行）

そこで第七歌のリュキダスはあこがれの対象である美少年に、目の前から消えてもらいたいと願う。季節はずれの航海でもかまわないから、どこかに船出して、自分の心をじりじり焦がすのをやめてもらいたい、そうでなければ痛みのために死にそうなのだ。もし苦しみを増す少年がいなくなったら、やっとほっとして傷をなおすための治療にとりかかれるだろう。治療には二人の牧人詩人に歌を聴かせてもらう。一人はダプニスの死をうたい、リュキダスがいかに危ない状況から逃れたか認識させる。もう一人は甘い声もつ牧人コマタスがムーサイのおかげで命を救われたとうたう。この伝説的詩人のコマタスが生きてさえいれば、リュキダスは彼の歌を毎日聞いて、病を完全になおすことができるであろうにとの願望で彼の歌は終わっている。

このように詩歌は恋の病の治療に絶大な力を発揮するが、第十一歌でもいわれているように、「たやすく見つかるわけではない」（四行）。リュキダスの癒しは非現実的願望の実現が条件である。少年が嵐の危険のある季節に航海に出かけることは考えられない。ずっと昔の牧人コマタスがリュキダスに歌をうたってくれるはずもない。この非現実性がかえって彼の望み達成の不可能性をよく表現しており、作者リュキダスが言いたかったのは「恋を癒すのは非現実なほどむずかしい」ということなのである。

それでもテオクリトスが安易な妥協でも一時的慰めでもない、恋の痛みの昇華を暗示しているように解釈できることがある。それは木や花や月や海の波が恋人の美しさと同じ魅力をもち、苦痛のない美の享受を可能にしてくれることである。目の前から消えてほしいと願うほどの痛みをもたらすあこがれの対象ではなく、おだやかな「安らぎ（ハーシュキア）」を与えてくれるものである。第七歌の「収穫祭」はそのような安らかな魅力に満ちている。そこには美少年アミュンタスも同席しているが、彼の存在が死に至るほどの病の原因になることはない。

この安らぎの美を見つけることこそムーサイの働きによると考えられる。第一歌の最初で、木のさやぎや泉のせせらぎの「甘美」が、笛や歌の響きの「甘美」と並列されていることに注目したい。

テュルシス
甘くささやく松の木は、あそこの泉のほとり。
山羊飼よ、君の葦笛も甘くひびく。
（第一歌一－二行）

山羊飼
羊飼よ、君の歌は、あそこの岩の高みから
流れ落ちる水音よりも甘い。
（第一歌七－八行）

「甘美（ハーデュ）」な美は、恋人の巻き毛にも野に咲く花にも牧人の歌にも見出せる。明晰な鑑識眼でふさわしい対象を見つけ、取捨選択して的確な句と表現で磨き上げた歌をうたうことこそ、恋をはじめとする人間の悩みの最高の治療であり、究極の牧歌と言うことができるのではないだろうか。なぜなら緑陰や泉や月光を鮮明に描き出すことを通じて、詩人は個々のものをかたちづくり支配する力、彼らにとっての神力の真髄に近づこうと試みる。この力のもつ調和と美はムーサイが歌い上げるものだが、ときには彼女たちのお気に入りの詩人にも歌う力が与えられる。ムーサイの導きのもとにこうした詩作の道を進むことこそ牧歌詩人の目的で、創作の原動力であった。

四　ヘシオドスとの関係

テオクリトスはホメロスを模倣する亜流詩人を批判したからといって、ホメロスを批判したわけではない。『エイデュリア』第十六歌「カリテス、またはヒエロン」の二〇行で、詩人はホメロスだけで充分とうそぶき同時代の詩人を尊重しない風潮を嘆いてはいるが、同じ歌の五〇行以下では、ホメロスがいなかったらオデュッセウスの冒険も彼の忠実な部下だった牛飼や豚飼の名も忘れられたであろうと言っている。すなわちホメロス自身の歌の価値は認めるが、彼のみを唯一にして随一の詩人とみなすことはない。そしてホメロスの価値はその長さと題材にあると誤解して、もっと長い歌、もっと重いテーマをがなりたてようとする歌人への軽蔑を表明するのである。

ホメロスと並び称されたヘシオドスに対しては、より近い関係性をもっているとみえる。第七歌「収穫祭」でシミキダスは、「たくさんのよいことをニンフたちが、山で牛を飼っていたぼくにも教えてくれた」（九一—九二行）と言っている。この表現はヘシオドス『神統記』の詩句を思い起こさせる。

　かつて聖なるヘリコン山で羊を飼っていた私に
良き歌を教えたのは女神たちなのだ。

「私たちは真に似た多くの偽りを言うこともできるが、
真を述べることもできる」。

このようにムーサイは言われた。

（ヘシオドス『神統記』二二一—二二九行）

ヘシオドスがムーサイに呼びかけられる詩人召命の場面である。シミキダスも同じようなかたちで、ニンフたちに「よいこと」つまり詩にうたわれるべき美しきこと、それも「真」のことを教わったというのである。ニンフたちとは詩女神ムーサイのことであろうから、女神たち自身に詩作を教えてもらったと解釈できる。古代詩人にとってムーサイの介入援助なしの芸術は考えられないから当然の言である。しかしながら、シミキダスのこの言明には容易に理解しにくい点がある。「山で牛を飼っていたぼくにも」という表現である。この詩のシミキダスは典型的な町の住民として描かれているのに、「牛を飼っていた」とはどういう意味であろうか。対話相手のリュキダスも、自分の歌は「山でつくった小さな歌」と言っているが、彼の場合は典型的な山羊飼に描かれているから不思議はない。しかしここに謎を解く鍵がありそうである。

この二人の対話は興味深い。シミキダスが当代の詩人シケリダスやピリタスの名前を出すと、リュキダスは得たりとばかりにホメロスを模倣する詩人たちの悪口を言う。そして「山でつくった小さな歌」をうたって聞かせる。それに対してシミキダスが、ムーサイは「山で牛を飼っていた」自分にも教えてくれたと応じて、「いちばんいいやつを」歌いはじめる。すなわち二人はおたがいの詩に関する考えが共通だと確認し意気投合して歌を聞かせあうと解釈できる。二人とも短くて「小さな詩」を卑近なテーマでうたうほうが、古代の叙事詩を形だけ真似るよりよいと考えている。そのうえムーサイが山で牧人に教えるような種類ということでも共通している。どういう種類かといえば、二人のうたうのがその例示となるような歌である。だからリュキダスも「だが、さあ、早速、牧人の歌をはじめよう、シミキダス。ぼくだって……まあ、いいから、みてくれたまえ」(四九―五〇行)と詩論をうちきって自分の歌を披露しはじめる。

ここでうたわれるリュキダスの歌は牧人が主人公だが、次に応答してうたわれるシミキダスの歌はかならずしも職業的牧人にうたわれるものではない。しかし双方ともテーマは恋の悩みであり癒しである。「牛飼の歌」「牧歌」とはこうした歌だと二人の詩人は考えている。それゆえリュキダスは、シミキダスの歌を聴き終わると「うれしそうに笑って歌女神の友情のしるしに杖をくれた」(一二八―一二九行)。シミキダスは町の住民かもしれないが、ムーサイが山で牧人に教える歌をよく自分のものとしているとの評価である。牧人生活を描くから牧歌なのではなく、ムーサイの助けで詩作による心の安らぎを得ようとする試みが牧歌の核心にあるということがここでもわかる。

しかしテオクリトスがヘシオドスの詩人召命と似た表現で自分の詩作のあり方を描いた理由は、単に牧人たちと同じテーマでうたうというだけでなく、ヘシオドスとの内的関係がみてとれそうである。もちろんテオクリトスの牧歌はヘシオドスの叙事詩とは性格が異なる。ホメロスほど長くはなくとも長編叙事詩であるヘシオドスの詩より、ずっと短い詩を書いている。またテーマも、ヘシオドスの作品は神々の誕生や人間の労働と生き方の教訓を題材にしていて、恋の悩みではない。それにもかかわらず、二人の詩人の作品には一定の共通点がある。このことを、テオクリトスが先輩ヘシオドスの詩句を思い起こさせる本歌取りをしたもうひとつの箇所を取りあげて考えてみる。

第十六歌「カリテス、またはヒエロン」の九〇行以下には、戦いが終わって平和で豊かな地域の様子が描かれる。とくに九五行の「その時には真昼にセミが牧人を見守り、頭上の木の枝でうたいますよう」との願いは、ヘシオドスを意識していることが明確である。

アザミが咲き、セミが声高く
木にとまり休みなく澄んだ歌を
羽の下から注ぎ出す。疲れをよぶ夏の日に。
この時期には山羊たちがもっとも肥え、ブドウ酒は最高の味。
（ヘシオドス『労働と日』五八二—五八五行）

テオクリトスが九一行以下で肥えた羊の散らばる野と、鍬の入る休墾地を描き、セミと牧人に言及すれば、当時の読者はたちまちヘシオドスのこの箇所を思い起こすであろう。ヘシオドスはこのあとに、涼しい岩陰で肉や酒や乳を楽しむ農夫を描いているから、テオクリトスの牧人はセミに見守られながら、労働の成果を味わっているであろうとの連想もはたらく。すなわちテオクリトスは先輩詩人の歌を借りて、彼の描く田園風景に奥行きと広がりをもたせる巧みな本歌取りを行なったといえる。

ヘシオドスは『労働と日』で、人間が働かなければ生きていけない宿命を学んで神をうやまい勤勉に暮らすようにと説く。他人の財をうらやんで訴訟を起こし裁判官に賄賂を贈るといった無駄な争い（エリス）をやめて、生産的な労働に骨身惜しまず従事するよう勧告する。そうすれば豊かで平和な暮らしが得られる。二二五行以下の「正義の町」の描写がそれである。テオクリトスは第十六歌でヒエロンに、戦争の勝利は平和が獲得されるからこそ尊いのだと示し、権力や財をもつ者はムーサの徒の称賛に値するようふるまうべきと説く。そしてテオクリトスの考えるムーサの教えとは、歌の一語一句を入念に磨き上げる詩作である。歌にふさわしい対象を選択して労を厭わず仕上げていく、かならずしも容易ではない「労働（ポノス）」である。

このようにみてくると、ヘシオドスとテオクリトスのあいだには、内的つながりがあると言えるのではないだろうか。前述のヘシオドスの『神統記』二七行以下によれば、彼は山で羊を飼っていたときムーサイに、真実をうたうことを学んだという。テオクリトスも「ゼウスが真実のために生やした若枝」（第七歌四五行）である。両者とも労働の結果に得られる平和と安らぎを目的としている。そのために真を知る鑑識眼でもって題材を選び句を練り上げる作業に力をそそぐことを喜びとする。それゆえテオクリトスは詩女神に呼びかける。「決してあなたがたを見捨てることはない。それというのもカリテスから離れたら、人にとって好ましいものは何もない。私はいつまでもカリテスとともにあるだろう」（第十六歌一〇八―一〇九行）。ここにみられる想いこそ、テオクリトスの全作品を貫く詩作態度だと考えられる。

刊行にあたっては京都大学学術出版会編集部の方々に大変お世話になった。細かい点まで配慮しながら全体を見通した指摘と指示によって、ずいぶん助けていただいた。心からの感謝の念を表したく思う。

文　献

テキスト・翻訳・註釈

Fritz, F. P., *Theokrit, Gedichte,* Tübingen 1970.

Gow, A. S. F., *Theocritus,* Volume I Introduction, Text, Translation; Volume II Commentary, Cambridge 1950.

Gow, A. S. F., *Bucolici Graeci,* Oxford 1952.

Hunter, R, *Theocritus, A Selection Idylls 1, 3, 4, 6, 7, 10, 11 and 13,* Cambridge 1999.

Sanchez-Wildenberger, M., *Theokrit-Interpretationen.* Diss., Zürich 1955.

Verity, A., *Theocritus, Idylls,* Oxford 2002.

Wendel, C., *Scholia in Theocritum vetera,* Leipzig 1914.

その他

Beckby, H., *Die griechischen Bukoliker, Theokrit-Moschos-Bion,* Wiesbaden 1975 (Beitr. z. klass. Philol., Heft 49).

Cholmeley, R. J., *The Idylls of Theocritus,* London 1930.

Effe, B., *Theokrit und die griechische Bukolik,* Darmstadt 1986.

Elliger, W., *Die Darstellung der Landschaft in der griechischen Dichtung,* Berlin/New York 1975.

Furusawa, Y., *Eros und Seelenruhe in den Thalysien Theokrits,* Diss. Würzburg 1980.

Halperin, D. M., *Before Pastoral: Theocritus and the Ancient Tradition of Bucolic Poetry,* New Haven/London 1983.

Harder, M. A., Regtuit, R. F., Wakker, G. D., eds. *Theocritus,* Groningen 1996.

Horstmann, A. E. A., *Ironie und Humor bei Theokrit,* Wiesbaden 1976 (Beitr. z. klass. Philolo., Heft 67).

Hunter, R. L., *Theocritus and the Archaeology of Greek Poetry,* Cambridge 1996.

Kambylis, A., *Die Dichterweihe und ihre Symbolik,* Diss. Kiel 1959.

Kühn, J. H., Die Thalysien Theokrits, *Hermes* 86, 1958.

Lawall, G., *Theocritus' Coan Pastorals,* Washington 1967.

Lembach, K., *Die Pflanzen bei Theokrit,* Heidelberg 1970.

Merkelbach, R., *Βουκολιασταί, RhM* 99, 1956, 97ff.

Nussbaum, M., *The Therapy of Desire,* Princeton 1994.

Ott, U., *Die Kunst des Gegensatzes in Theokrits Hirtengedichten,* Hildesheim/New York 1969.

Petroll, R., *Die Äußerungen Theokrits über seine Person und seine Dichtung,* Diss. Hamburg 1965.

Pohlenz, M., *Die hellenistische Poesie und die Philosophie, Χάριτες für F. Leo,* Berlin 1911, 76ff.

Puelma, M., Die Dichterbegegnung in Theokrits "Thalysien", *Museum Helveticum* 17, 1960, 144ff.

Rohde, G., *Zur Geschichte der Bukolik, Studien und Interpretationen zur antiken Literatur, Religion und Geschich-*

te, Berlin 1963.

Rosenmeyer, T. G., *The Green Cabinet, Theocritus and the European Pastoral Lyric*, Berkeley 1969.

Schmidt, E. A., *Bukolische Leidenscahft*, Frankfurt/Bern/ New York 1987.

Schönbeck, G., *Der locus amoenus von Homer bis Horaz*, Diss. Heidelberg 1962.

Snell, B., Arkadien. Entdeckung einer geistigen Landschaft, *Die Entdeckung des Geistes*, Hamburg 1955 (3), 371ff.

Stanzel, K. -H., *Liebende Hirten, Theokrits Bukolik und die alexandrinische Poesie*, Stuttgart/Leipzig 1995.

Walker, S. F., *Theocritus*, Boston 1980.

Waszink, J. H., *Brene und Honig als Symbol des Dichters und der Dichtung in der griechisch-römischen Antike*, Opladen 1974.

White, H., *Studies in Theocritus and other Hellenistic poets*, Amsterdam 1979.

Wilamowitz-Moellendorff, U. von, *Hellenistische Dichtung in der Zeit des Kallimachos II*, Berlin 1924 (Neuauflage 1962).

Wilamowitz-Moellendorff, U. von, Textgeschichte der griechischen Bukoliker, *Philologische Untersuchungen* 18, Berlin 1906.

プラウトゥス　ローマ喜劇集1　木村健治・宮城徳也・五之治昌比呂・小川正廣・竹中康雄訳　4725円

プラウトゥス　ローマ喜劇集2　山下太郎・岩谷　智・小川正廣・五之治昌比呂・岩崎　務訳　4410円

プラウトゥス　ローマ喜劇集3　木村健治・岩谷　智・竹中康雄・山沢孝至訳　4935円

プラウトゥス　ローマ喜劇集4　高橋宏幸・小林　標・上村健二・宮城徳也・藤谷道夫訳　4935円

テレンティウス　ローマ喜劇集5　木村健治・城江良和・谷栄一郎・高橋宏幸・上村健二・山下太郎訳　5145円

フィロン　フラックスへの反論／ガイウスへの使節　秦　剛平訳　３３６０円
プルタルコス　モラリア　2　瀬口昌久訳　３４６５円
プルタルコス　モラリア　6　戸塚七郎訳　３５７０円
プルタルコス　モラリア　13　戸塚七郎訳　３５７０円
プルタルコス　モラリア　14　戸塚七郎訳　３１５０円
マルクス・アウレリウス　自省録　水地宗明訳　３３６０円
リュシアス　弁論集　細井敦子・桜井万里子・安部素子訳　４４１０円

【ラテン古典篇】

ウェルギリウス　アエネーイス　岡　道男・高橋宏幸訳　５１４５円
オウィディウス　悲しみの歌／黒海からの手紙　木村健治訳　３９９０円
クルティウス・ルフス　アレクサンドロス大王伝　谷栄一郎・上村健二訳　４４１０円
スパルティアヌス他　ローマ皇帝群像　1　南川高志訳　３１５０円
セネカ　悲劇集　1　小川正廣・高橋宏幸・大西英文・小林　標訳　３９９０円
セネカ　悲劇集　2　岩崎　務・大西英文・宮城徳也・竹中康雄・木村健治訳　４２００円
トログス／ユスティヌス抄録　地中海世界史　合阪　學訳　４２００円

ガレノス　自然の機能について　種山恭子訳　3150円
クセノポン　ギリシア史 1　根本英世訳　2940円
クセノポン　ギリシア史 2　根本英世訳　3150円
クセノポン　小品集　松本仁助訳　3360円
セクストス・エンペイリコス　ピュロン主義哲学の概要　金山弥平・金山万里子訳　3990円
セクストス・エンペイリコス　学者たちへの論駁 1　金山弥平・金山万里子訳　3780円
ゼノン他　初期ストア派断片集 1　中川純男訳　3780円
クリュシッポス　初期ストア派断片集 2　水落健治・山口義久訳　5040円
クリュシッポス　初期ストア派断片集 3　山口義久訳　4410円
デモステネス　弁論集 3　北嶋美雪・杉山晃太郎・木曽明子訳　3780円
デモステネス　弁論集 4　木曽明子・杉山晃太郎訳　3780円
トゥキュディデス　歴史 1　藤縄謙三訳　4410円
トゥキュディデス　歴史 2　城江良和訳　4620円
ピロストラトス／エウナピオス　哲学者・ソフィスト列伝　戸塚七郎・金子佳司訳　3885円
ピンダロス　祝勝歌集／断片選　内田次信訳　4620円

西洋古典叢書 ［第Ⅰ期・第Ⅱ期］既刊全46冊 （税込定価）

【ギリシア古典篇】

アテナイオス　食卓の賢人たち　1　柳沼重剛訳　3990円
アテナイオス　食卓の賢人たち　2　柳沼重剛訳　3990円
アテナイオス　食卓の賢人たち　3　柳沼重剛訳　4200円
アテナイオス　食卓の賢人たち　4　柳沼重剛訳　3990円
アリストテレス　天について　池田康男訳　3150円
アリストテレス　魂について　中畑正志訳　3360円
アリストテレス　ニコマコス倫理学　朴　一功訳　4935円
アリストテレス　政治学　牛田徳子訳　4410円
アルクマン他　ギリシア合唱抒情詩集　丹下和彦訳　4725円
アンティポン／アンドキデス　弁論集　高畠純夫訳　3885円
イソクラテス　弁論集　1　小池澄夫訳　3360円
イソクラテス　弁論集　2　小池澄夫訳　3780円

訳者略歴

古澤ゆう子（ふるさわ　ゆうこ）

一橋大学大学院言語社会研究科教授

一九四九年　東京都生まれ。

一九七四年　国際基督教大学卒業。

一九八〇年　ヴェルツブルク大学大学院哲学研究科古典学・独文学・神学課程修了。

　　　　　　ヴェルツブルク大学ドイツ哲学博士。

一九八三年　一橋大学助教授、教授を経て現職。

主な著訳書

Eros und Seelenruhe in den Thalysien Theokrits, Würzburg 1980.

『牧歌的エロース —— 近代・古代の自然と神々』（木魂社）

『ムーサよ、語れ —— 古代ギリシア文学への招待』（共著、三陸書房）

テオクリトス　牧歌《ぼっか》　西洋古典叢書　第Ⅲ期第7回配本

二〇〇四年十月一日　初版第一刷発行

訳　者　古《ふる》澤《さわ》ゆう子

発行者　阪上　孝

発行所　京都大学学術出版会

606-8305 京都市左京区吉田河原町一五-九 京大会館内

電　話　〇七五-七六一-六一八二

FAX　〇七五-七六一-六一九〇

http://www.kyoto-up.gr.jp/

印刷・土山印刷／製本・兼文堂

ISBN4-87698-155-8

定価はカバーに表示してあります

固有名詞索引

1．『エイデュリア』の番号と行数はアラビア数字であらわす。
(例：*1.1* ＝『エイデュリア』第１歌１行)
2．「エピグラム」の番号はローマ数字、行数はアラビア数字であらわす。
(例：I.1 ＝「エピグラム１」の１行)
3．行数は原詩における数字で、翻訳とは一致しない場合もある。
4．ドリス方言で書かれているために、アッティカ方言の e が a になることが多い (たとえばアタナ (アテナ)、セラナ (セレネ) など)。
5．ギリシア語をローマ字に直すにあたっては、υ を y に、$o\upsilon$ を u に、κ を k に、χ を ch と表記した。

ア　行

アイアコス Aiakos　アイギナ島の王。ペレウスの父。アキレウスの祖父。*17.55*

アイアス Aias　サラミス島の王。トロイア戦争の勇士。*15.138; 16.75*

アイギアレエス Aigialees　アカイア人の古名。ギリシア人。*25.174*

アイギス Aigis　ゼウスの持つ雷雲楯。*22.1; 26.31*

アイゴン Aigon　家畜の所有者。牛の群れをあずけてオリュンピアの競技に参加。*4.2, 26, 34*

アイサロス Aisaros　イタリア南部クロトンの川。現在のエサロ川。*4.17*

アイスキナス Aischinas　第14歌の主人公で、失恋に悩む若者。*14.2, 10, 57, 65*

アイソン Aison　イアソンの父。*13.17*

愛の神々 Erotes　*7.96, 115, 117; 12.10; 15.120*

アウゲイアス Augeias　太陽神の息子でエリスの王。数多くの牛を所有し、ヘラクレスがその牛舎を掃除した。*25.7, 29, 36, 43, 54, 108, 111, 159, 193*

アウトノア Autonoa　アウトノエ。テーバイ王カドモスの娘。ディオニュソス (バッコス) の狂気にかられて甥ペンテウスを殺害。*26.1, 12, 18, 23*

アカイア人 Achaios　ペロポネソス半島の北部海岸地方アカイアの住人。*22.157, 219; 25.165, 180*　(ギリシア人) *15.61; 18.20; 24.76*

アカルナイ Acharnai　コス島の地名。*7.71*

アカントス Akanthos　ハアザミ。古代ギリシアで葉を文様にした。*1.55*

アガウア Agaua　アガウエ。テーバイ王カドモスの娘。ペンテウスの母。ディオニュソスの狂気におそわれ息子を殺害。*26.1*

アガメムノン Agamemnon　ミュケナイの王。トロイア戦争のギリシア軍の総大将。*15.137*

アキス Akis　エトナ山から流れる川。海のニンフ、ガラテイアの恋人の若者が、一眼巨人ポリュペモスに嫉妬されて岩でつぶされ変身した姿と伝えられる。*1.69*

アキレウス Achilleus　トロイア戦争の英雄。*16.74; 17.55; 22.220; 29.34*

アギス Agis　テッサリア人。アイスキナスの友人。*14.13*

アクロティメ Akrotime　牧人女性の名前。*27.44*

アクロレイア Akroreia　エリス地方の町アクロレイオイ近郊地域。*25.31*

アグロイオ Agroio　占い老婆。*3.31*

アケロン Acheron　黄泉の国の川。*12.19; 15.86, 102, 106; 16.31; 17.47*

アゲアナクス Ageanax　牧人詩人リュキダスが恋する少年。*7.52, 61, 69*

アスパリオン Asphalion　黄金の魚の夢

を見る漁師。*21.26*
アタナ Athana　アテネ。ゼウスの娘で戦略的知恵と織物など技芸の女神。処女神。織物や刺繍をつかさどる神。*5.23; 15.80; 16.82; 18.36; 20.26; 28.1*
アタランタ Atalanta　アルカディアの女狩人で足が速い。求婚者に競走を挑み、つねに勝って相手を弓で射殺した。ヒッポメネスがアプロディテの助けを借りて彼女と結婚。*3.41*
アッティカ Attika　アテナイ市を中心とする地域。*12.28*
アトス Athos　カルキディケ半島の東部の山。*7.77*
アトレウス Atreus　ペロプスの息子でミュケナイ王。アガメムノンとメネラオスの父。*17.118; 18.6*
アドニス Adonis　女神アプロディテに愛された美青年。イノシシに殺されるが、毎年よみがえって女神のもとを訪れるとされる植物神的存在。*1.109; 3.47; 15.23, 96, 102, 111, 127, 128, 136, 143, 144, 149; 20.35*
アドラストス Adrastos　アルゴスの王。*24.131*
アナクソ Anaxo　少女の名。*2.66*
アナクレオン Anakreon　イオニアのテオス出身で前6世紀の抒情詩人。酒と恋をうたって名高い。XVII.3
アナポス Anapos　シチリアの川。シュラクサイ近くに河口。現在のアナポ川。*1.68; 7.151*
アパレウス Aphareus　メッセネの王。イダスとリュンケウスの父。*22.139, 141, 208*
アピス Apis　アピアとも言う。ペロポネソス半島。アルゴス王アピスにちなむ。*25.183*
アプロディタ Aphrodita　アプロディテ。美と愛の女神。ヘシオドス『神統記』では海の泡から生まれたとされるが、ホメロス『イリアス』ではゼウスと女神ディオネの娘。崇拝のさかんな地域にちなみ、キュプリス、キュテレイア、パピアとも呼ばれる。愛の神エロスの母ともされる。アドニスやアンキセスを愛した。*1.138; 2.7, 30; 7.55; 10.33; 15.101; 17.45; 19.4; 27.64*
アポロン Apollon　詩芸と医術の神。予言の術もつかさどりデルポイ神殿の神託が有名。ゼウスとレトの息子でアルテミスの兄弟。デロス島で生まれたとされる。*5.82; 17.67, 70; 24.106; 25.21*; VIII.1; XXI.4; XXIV.1
アマリュリス Amaryllis　牧人に愛される少女。ニンフかと考えられる。*3.1, 6, 22; 4.36, 38*
アミュクライ Amyklai　スパルタ西南の町。スパルタ王の宮殿があったらしい。*10.35; 21.122*
アミュコス Amykos　ビテュニアの民族ベブリュケスの王。ポセイドンの息子。双子神の一人ポリュデウケスに拳闘試合で敗れる。*22.75, 86, 118*
アミュンタス Amyntas　男名。詩人シミキダスとともにコス島の収穫祭を訪れる美少年。*7.2, 131*
アラトス Aratos　テオクリトスの友人。ソロイ出身の詩人アラトスとは別人。*6.2; 7.98, 102, 122*
アリアドネ Ariadne　クレタ王ミノスの娘だが、テセウスに恋し、糸を用いて迷宮から救う。ナクソス島に置き去りにされディオニュソスの妻となる。*2.46*
アリスティス Aristis　優れた詩人。テオクリトス自身との説もある。*7.99, 101*
アルカディア Arkadia　ペロポネソス半島中部の山地。後代には牧歌の発祥地として理想化された。*2.48; 7.107; 22.157*
アルキアス Archias　コリントス出身でシュラクサイの創建者。*28.17*
アルキッペ Alkippe　牧人コマタスにすげない少女。*5.132*
アルキロコス Archilochos　前7世紀の詩人。揶揄や罵詈の詩をうたった。XXI.1
アルクメネ Alkmene　ミデア王エレクトリュオンの娘でいとこのアンピトリュオンの妻。イピクレスの母。ゼウスに

よってヘラクレスの母となる。*13.20; 24.2, 21, 34, 60, 65, 76*
アルゴ船 Argo　イアソンの指揮のもと、金羊毛皮を求めて黒海にわたった船。当時の英雄全員が乗り込んだという。アポロニオス『アルゴナウティカ』参照。*13.21, 28, 74; 22.27*
アルシノア Arsinoa　アルシノエ。プトレマイオス一世とベレニケの娘。プトレマイオス二世の姉で妃。*15.111*
アルテミス Artemis　ゼウスとレトの娘でアポロンの姉妹の処女神。*2.33, 67; 18.36; 27.16, 18, 30, 63*
アルペイオス Alpheios　ペロポネソス半島のアルカディアからエリスに流れる川。ピサとオリュンピアもこの流域にある。*4.6; 25.10*
アルペシボイア Alphesiboia　ビアスとペロの娘。*3.45*
アレウアス Aleuas　テッサリアの名家の祖。*16.34*
アレクサンドロス Alexandros　マケドニア王。東地中海と小アジアの征服者。エジプトのプトレマイオス王朝の主筋。ヘラクレスの子孫とされる。*17.18, 26*
アレトゥサ Arethusa　シチリアの泉。*1.117; 16.102*
アンキセス Anchises　トロイアの王子。イダ山地で牛飼。アプロディテの恋人。アイネアスの父。*1.106*
アンティオコス Antiochos　テッサリアの王。*16.34*
アンティゲネス Antigenes　コス島の貴族。*7.4*
アンティゴナ Antigona　プトレマイオス一世の妃ベレニケの母。*17.61*
アンピクレス Amphikles　男名。XIII.2
アンピトリタ Amphitrita　アンピトリテ。海の女神。ポセイドンの妻。*21.55*
アンピトリュオン Amphitryon　テーバイ王。アルクメネの夫。イピクレスの父。ヘラクレスの養父。*13.5, 55; 24.5, 35, 56, 62, 104, 121; 25.71, 112, 152*
アンブロシア Ambrosia　神々の食べ物。時には飲み物ともされる。*11.48* 神々の香油。不老不死の力を与える。*15.108; 17.32*
イアシオン Iasion　クレタ島の農夫で女神デメテルに愛された。*3.50*
イアソン Iason　テッサリアのイオルコス王アイソンの息子。金羊毛皮を求めてアルゴ船に乗り込み黒海に航海。*13.16, 67; 22.31*
イオニア Ionia　小アジアの海岸町ミレトスを囲む地域。*16.57; 28.21*
イオルコス Iolkos　テッサリアの町。アルゴ船の出発地。*13.19*
イダ Ida　小アジアのプリュギアの山地。*1.105; 17.9*
イダス Idas　メッセネ王。アパレウスの息子でリュンケウスの兄弟。双子神と争って殺される。*22.140, 173, 199, 208, 211*
イダリオン Idalion　キュプロス島の町。アプロディテ崇拝地。ラルナカとニコシアの中間にある現在のダリ。*15.100*
イノ Ino　テーバイ王カドモスの娘。ディオニュソスの狂気にかられて姉妹とともに甥のペンテウスを殺害。*26.1, 22*
イピクレス Iphikles　アンピトリュオンとアルクメネの息子。ヘラクレスの兄弟。*24.1, 23, 61*
イリオン Ilion　トロイア。*22.217*
イリス Iris　虹の女神でゼウスとヘラの婚姻の新床をととのえた。神々の使者をつとめる。*17.133*
イロス Ilos　トロスの息子。*16.75*
エイレイテュイア Eileithyia　ゼウスとヘラの娘。出産の女神。*17.60; 27.29*
エウエレス Eueres　予言者テイレシアスの父。*24.71*
エウクリトス Eukritos　シミキダスとともに収穫祭に向かう友人。*7.1, 131*
エウステネス Eusthenes　人相見。XI.1
エウダミッポス Eudamippos　不実な恋人デルピスの友人。*2.77*
エウテュキス Eutychis　アレクサンドリアの主婦ゴルゴーの女中。*15.67*
エウニカ Eunika　(1) 少年ヒュラスを引

き込んだ泉のニンフ。*13.45* (2) 町から来て牛飼をばかにする女。*20.1, 42*

エウノア Eunoa　アレクサンドリアの主婦プラクシノアの女中。*15.2, 27, 54, 66, 68, 76*

エウブロス Eubulos　籠かつぎ女アナクソの父。*2.66*

エウマイオス Eumaios　オデュッセウスに忠実な豚飼。*16.55*

エウマラス Eumaras　牧人コマタスの主人。*5.10, 73, 119*

エウメデス Eumedes　牧人ラコンが愛する少年。*5.134*

エウモルポス Eumolpos　ピラモンの息子。ヘラクレスの音楽の教師。*24.110*

エウリュステウス Euryustheus　ミュケナイ王。いとこのヘラクレスに「十二の難行」を命ずる。*25.205*

エウリュトス Eurytos　テッサリア地方オイカリアの王で名高い射手。ヘラクレスに弓術を教える。*24.108*

エウリュメドン Euryumedon　貴族の名。VII.2; XV.3

エウロタス Eurotas　ラコニアの川。*18.23*

エエティオン Eetion　すぐれた彫刻家。VIII.5

エオス Eos　暁の女神。*2.146; 13.11; 18.26*

エテオクレス Eteokles　ボイオティア地方オルコメノスの王。カリテスの祭祀の創始者とされる。*16.104*

エピカルモス Epicharmos　ドリス風シチリア喜劇の創作者。XVIII.2

エピュラ Ephyra　コリントスの古名。*16.83; 28.17*

エリス Elis　ペロポネソス半島西部地域。*22.156*

エリュクス Eryx　シチリア北西海岸の山と町の名。*15.101*

エロス Eros　ヘシオドス『神統記』では親をもたない原初の強大な神。後代は女神アプロディテの息子で、若者または幼児の姿であらわれる。恐ろしい痛みをもたらす恋の矢を射る。*1.97, 98, 103, 130; 2.7, 55, 118, 152; 10.20; 13.1; 19.1; 23.4; 27.20, 64; 29.22; 30.9, 25*

エンデュミオン Endyumion　月の女神セレネに愛され、ラトモス山で永遠に眠る美青年。*3.49; 20.37*

オイクス Oikus　小アジアのカリア地方の町。ミレトスに近い。有名なアプロディテ神殿がある。*7.116*

オデュッセウス Odysseus　イタカ島の領主。トロイア戦争の勇士。木馬の計略の発案者。10年の放浪航海の後、帰郷。*16.51*

オトゥリュス Othrys　テッサリア南部の山地。*3.43*

オリオン Orion　ポセイドンの息子の巨人で狩人。暁の女神エオスの恋人でアルテミスに矢で射られて死ぬ。星座となり、冬の夕方から暁まで輝く。*7.54; 24.12*

オリュンポス Olympos　ギリシア本土北部マケドニアからテッサリアにいたる山塊。神々の住居。*17.132; 20.38*

オルコメノス Orchomenos　ボイオティアの町。ミニュア人の中心地。*16.105*

オルトン Orthon　シュラクサイ出身の男。酔って嵐の夜に死んだと墓碑銘に記される。IX.1

オルピス Olpis　漁師。*3.26*

オロメドン Oromedon　コス島南岸の山脈。*7.46*

カ　行

カイコス Kaikos　銀行家または両替商。XIV.3

カスタリア Kastalia　パルナッソス山の泉。アポロンとムーサイの神域。*7.148*

カストル Kastor　(1) スパルタ王妃レダとゼウス、またはテュンダレオスの息子。双子神の一人。騎士。*22.2, 25, 34, 78, 135, 185, 194, 197* (2) ヘラクレスの教師の一人。ヒッパロスの息子。アルゴスからの亡命者。*24.129, 132*

カミロス Kamiros　ロドス島の町。

XXII.4
カライティス Kalaithis　牧人ラコンの母。*5.15*
カリア Karia　小アジア西南の海岸地域。*17.89*
カリス Charis (複数カリテス Charites)　優雅の女神。ゼウスの娘で3人いるとされる。ムーサイと同じく詩女神でもあり、さらには詩作品の意味をもつ。*16.6, 104, 109; 28.7*
カリュドン Kalydon　アイトリアの町。*1.57; 17.54*
カルコン Chalkon　コス島の英雄。ポセイドンの孫。ブリナの泉を湧出させたという。*7.6*
ガニュメデス Ganymedes　トロイア王トロスの息子。ゼウスにさらわれて天上の酌童となる美少年。*12.35; 15.124; 20.41*
ガラテイア Galateia　海の老人ネレウスの娘で、波の泡をおもわせる白い肌のニンフ。一眼巨人ポリュペモスに慕われる。*6.6; 11.8, 14, 19, 63, 76*
キオス Chios
小アジアのイオニア沿岸の島。XXVII.1
キオスの歌い手 (ホメロス)。*7.47; 22.218*
キッサイタ Kissaitha　山羊の名。*1.151*
キナイタ Kinaitha　羊の名。*5.102*
キュクノス Kyknos　ポセイドンの息子で白い肌をもつ。白鳥に変身した。*16.49*
キュクラデス Kyklades　エーゲ海のデロス島を囲む群島。*17.90*
キュクロプス Kyklops　一眼で荒々しい巨人族。シチリア島に住み羊を飼う。このうちの一人がポリュペモスで、海のニンフ、ガラテイアへの片恋に悩む。*11.7, 38, 72; 16.53*
キュドニア Kydonia　クレタ島北岸の町、またはレスボス島近辺の小島、またはコス島の無名の地。*7.12*
キュニスカ Kyniska　第14歌の主人公の恋する女性。*14.8, 31, 41*
キュプリス Kypris　美と愛の女神アプロディテ。お気に入りの島キュプロスにちなんでキュプリス、キュプリアと呼ばれる。ゼウスとディオネの娘ともされるが、海の泡から生まれキュプロスに上陸したとの伝説もある。*1.95, 100, 101, 105; 2.7, 30, 130, 131; 11.16; 15.106, 128, 131; 18.51; 20.34, 43, 45; 28.4; 30.31*; IV.4; XIII.1
キュベラ Kybela　キュベレ。小アジアのプリュギアの大地母神。ゼウスの母レアと同定されることがある。*20.43*
キュマイタ Kymaitha　牛の名。*4.46*
キリキア Kilikia　小アジアの西南地域。*17.88*
キルカ Kirka　キルケ。太陽神の娘で伝説の島に住む。島に来た男たちを薬草酒で動物に変える魔女。オデュッセウスのみは神々の助けで難を逃れる。*2.15; 9.36*
キロン Chiron　半人半馬ケンタウロスの一人で賢人。*7.150*
クセニア Xenea　ダプニスの恋する少女。*7.73*
クセノクレス Xenokles　詩女神に捧げものをする楽人。X.1
クラティス Krathis　南イタリアの地シュバリスを流れる川。*5.16, 124*
クラティダス Kratidas　牧人ラコンの恋する少年。*5.90, 99*
クランノン Krannon　テッサリアの平原と町の名。*16.39*
クリュソゴナ Chrysogona　女名。XIII.2
クリュティア Klytia　コス島の名家の女性。メロプスの娘でコス王エウリュピュロスの妻。ブリナの泉を湧出させたカルコンの母。*7.5*
クレアリスタ Klearista　(1) 第2歌の主人公シマイタの女友達。*2.74*　(2) 少女の名。*5.88*
クレイタ Kleita　トラキア出身の乳母。XX.2
クレウニコス Kleunikos　兵士。*14.13*
クレオニコス Kleonikos　難破で死んだ男。XXV.3
クレオン Kreon　テッサリアの名家の祖でスコパスの子孫。*16.38*

クロイソス Kroisos　前550年頃の小アジアのリュディアの王。莫大な富を所有したことで有名。8.53; 10.32
クロキュロス Krokylos　牧人の名。5.11
クロトン Kroton　南イタリアの町。4.32
クロノス Kronos　大地女神ガイアと天空神ウラノスの息子で巨人神。ゼウスの父。生まれた子どもを呑み込み、子等の反乱によって権力を失い追放される。ゼウスはしばしば「クロノスの息子」とあらわされる。15.124; 17.24, 73; 18.18, 52; 20.40; 24.82
クロミス Chromis　牧歌詩人。1.24
グラウカ Glauka　(1) プトレマイオス二世時代のキタラ奏者。キオス出身。4.31　(2) 女名。XXIII.2
ケオス Keos　抒情詩人シモニデスの故郷。16.44
ケルベロス Kerberos　黄泉の国の入り口を護る三つ頭の怪犬。29.38
ケンタウロス Kentauros　半人半馬の荒っぽい種族。17.20
コス Kos　小アジア西岸の島。ここで前308年にプトレマイオス二世誕生。医神アスクレピオスの神殿があり、医学薬学がさかん。テオクリトスが長期滞在した。17.58, 64
コテュッタリス Kotyttaris　占い老婆。キュベレに似た祭祀の大地母神で、トラキアの女神コテュスまたはコテュトに由来する名。6.40
コナロス Konaros　牡羊の名。5.102
コマタス Komatas　(1) 山羊飼で牧歌の名手。エウマラスのしもべ。5.4, 9, 19, 70, 79, 138, 150　(2) 伝説的な山羊飼詩人。詩女神にたびたび山羊を捧げた、または歌で女主人の好意を得たので怒った主人に箱の中に閉じこめられた。しかし、甘美な歌に引きつけられた蜜蜂が蜜で彼を養い生き延びた。7.83, 89
コリュドン Korydon　(1) 牧人。アイゴンの牛の群れをあずかり世話している。4.1, 50, 58　(2) 男名。5.7
コルキス Kolchis　黒海東南部の地域。金羊毛皮を求めるアルゴ船航海の目的地。13.75
ゴルゴー Gorgo　アレクサンドリアの主婦。シュラクサイ出身。アドニス祭を見物に行く。15.1, 3, 36, 51, 66, 70
ゴルゴイ Golgoi　アプロディテが崇拝されるキュプロス島の町。15.100

サ　行

サテュロス Satyros　半人半山羊でディオニュソス（バッコス）の供人。好色で酒好き。4.63; 27.49
サモス Samos　小アジアのイオニア海岸近くイカリア海の島。7.40; 15.126
ザキュントス Zakynthos　イオニア海の島。島と同名の町。4.32
シケリダス Sikelidas　前300年頃のエピグラム詩人でサモス島出身のアスクレピアデスのこと。7.40
シビュルタス Sibyrtas　家畜の所有者。牧人歌手ラコンの主人。5.5, 72, 74
シマイタ Simaitha　第2歌の主人公。デルピスに恋して捨てられ、まじないで呼び戻そうとする。2.101, 114
シミキダス Simichidas　第7歌の語り手。牧歌詩人。7.21, 49, 96
シモエイス Simoeis　小アジアの北西地域トロアスの川。16.75
シモス Simos　男名。14.53
シュバリス Sybaris　南イタリアの町または泉、池。5.1, 73, 126, 146
シュリンクス Syrinx　もとはニンフで牧神パーンを拒否して葦に姿を変えたといわれる。長さの異なる葦の茎を7本から12本程度、蠟でつなぎあわせて牧笛がつくられる。20.28; V.4
スキュタイ人 Skythai　黒海とカスピ海沿岸に住む遊牧民族。13.57; 16.99
スバル Pleiades　牡牛座のなかのプレイアデス星団。アトラスの7人の娘とされる。13.25; XXV.5, 6
スパルタ Sparta　ペロポネソス半島南部の町。ラコニアとも呼ばれる。18.1, 17
セミラミス Semiramis　アッシリアの女王。16.99

セメラ Semela　セメレ。テーバイ王カドモスの娘でゼウスによりディオニュソスの母。ヘラにそそのかされ神の真の姿を見たいと願って雷光に焼かれて死んだという。*26.6, 35*

セラナ Selana　セレネ。月の女神。ヒュペリオンの娘で太陽神ヘリオスの姉妹。後代はアルテミスと同一視された。魔術の女神ともされる。エンデュミオンを愛して永遠の眠りを眠る彼のもとを訪れるという。*2.10, 69, 75, 79, 81, 87, 93, 99, 105, 111, 117, 123, 129, 135, 142, 165; 20.37, 43*

ゼウス Zeus　オリュンポス神族の主神。クロノスの息子でヘラと結婚。詩女神ムーサ、アポロン、ヘレネ、ヘラクレス、双子神の父。*4.17, 43, 50; 5.74; 7.39, 44, 93; 8.59; 11.29; 12.17; 13.11; 15.64, 70, 124; 16.1, 70, 82, 101; 17.1, 16, 33, 73, 134, 137; 18.18, 52; 22.1, 95, 115, 137, 210; 24.21, 99; 25.42, 161, 169; 26.31; 28.5; 30.30;* XXII.3

ゾピュリオン Zopyrion　アレクサンドリアの女性プラクシノアの幼い息子。*15.13*

タ　行

タソス Thasos　エーゲ海北端テッサリアのトラキス沿岸の島。XXV.4

ダプニス Daphnis　伝説の牧人詩人。ヘルメスとニンフの息子。月桂樹（ダプネ）の下で生まれたのでこう名づけられた。牛飼となり牧神パーンから葦笛を習ったという。あるニンフへの愛の誓いを破ったため失明し川に転落したとの伝説もあるが、テオクリトスにおいては、恋の病に衰え果てて息絶える。*1.19, 66, 78, 82, 97, 100, 103, 116, 120, 121, 135, 140; 5.20, 80; 6.1, 5, 44; 7.73; 8.1, 5, 6, 8, 31, 35, 37, 71, 82, 92; 9.1, 2, 14, 23; 27.42;* II.1; III.1; IV.14, 16; V.3

ダモイタス Damoitas　牧人。*6.1, 20, 42, 44*

ダモメネス Damomenes　男名。XII.1

ツルボラン Asphodelos　ユリ科の植物。不凋花。*1.53; 7.68; 26.4*

ティテュオス Tityos　大地女神ガイアの息子で巨大な怪人。*22.94*

ティテュロス Tityros　(1) 山羊飼。*3.2, 3, 4*　(2) 牧人詩人。*7.72*

ティマゲトス Timagetos　競技場の設置者か所有者。*2.8, 97*

ティリュンス Tiryns　ペロポネソス半島アルゴス地方の町。*25.171*

テイレシアス Teiresias　テーバイの盲目の予言者。*24.65, 101*

テウゲニス Theugenis　テオクリトスの友人ニキアスの妻。*28.13, 21*

テウマリダス Theumaridas　男名。*2.70*

テオス Teos　小アジアのイオニア地方の町。抒情詩人アナクレオンの故郷。XVII.3

テスティオス Thestios　小アジアのアイトリア地方プレウロンの王。スパルタ王妃レダの父。*22.5*

テステュリス Thestylis　第２歌の女主人公シマイタの召使い女。*2.1, 19, 35, 59, 95*

テセウス Theseus　アテナイ王アイゲウスの息子。クレタ島からアリアドネと出奔して彼女をナクソス島に置き去りにした。*2.45*

テティス Thetis　海の老人ネレウスの娘で海の女神。ペレウスの妻となりアキレウスの母。*17.55*

テーバイ Tebai　ボイオティア地方の中心町。*16.106*

テュオニコス Thyonichos　男名。*14.1, 3, 34*

テュデウス Tydeus　トロイア戦争の勇士ディオメデスの父。*17.53; 24.131*

テュブリス Thybris　シチリアの山。エトナの別名か。*1.118*

テュルシス Thyrsis　牧人詩人。*1.19, 65, 146*

テュンダレオス Tundareos　スパルタ王。レダの夫で双子神とヘレナの父、または養父。*18.6; 22.89, 136, 201, 212, 216*

テラモン Telamon　アルゴ船の英雄の一人。トロイア戦争の勇士アイアスとテウクロスの父。13.37

テレモス Telemos　一眼巨人ポリュペモスが眼をつぶされることを予告した予言者。6.23

テンペ Tempe　ギリシア北部テッサリアのオリュンポスとオッサの間を流れるペネイオス川の渓谷。1.67

ディア Dia　クレタ島の北岸近くの小島。ナクソス島の古名。2.46

ディオクレイダス Diokleidas　アレクサンドリアの市民。ゴルゴーの夫。15.18, 147

ディオクレス Diokles　アテナイからメガラに亡命し、愛する少年を護って戦死。メガラ市民によって葬られ祀られる。12.29

ディオスクロイ（双子神）Dioskuroi　スパルタ王妃レダとゼウスの息子カストルとポリュデウケスの双子。一人はスパルタ王テュンダレオスの息子で可死だが、兄弟で不死の運命を分け合ったとの伝説あり。第22歌の讃歌の対象。

ディオニュソス Dionysos　テーバイ王女セメレとゼウスの息子。酒神（バッコス）。母が神の火に撃たれて死んだ後、胎内から取り出されゼウスの腿に縫い込まれてドラカノン山で誕生したとの伝説がある。2.120; 17.112; 20.33; 26.6, 9, 27, 33, 37; XII.1

ディオネ Dione　アプロディテの母女神。7.116; 15.106; 17.36

ディオパントス Diophantos　詩の被献辞者　21.1

ディオメデス Diomedes　アルゴス王。トロイア戦争で、アプロディテを傷つけた勇猛な戦士。1.112; 17.54

ディノン Dinon　アレクサンドリアの市民。プラクシノアの夫。15.11

デウカリオン Deukalion　プロメテウスの息子。大洪水の際、妻ピュラと二人だけ助かった人間の祖。　15.141

デメテル Demeter　豊穣の女神。7.32, 154; 10.42

デルピス Delphis　恋に苦しみまじないをかける女シマイタの不実な恋人。2.21, 23, 26, 29, 50, 53, 62, 77, 102, 149

デルポイ Delphoi　パルナッソス山麓の町。アポロン神殿がある。I.4

デロス Delos　キュクラデス諸島の島でアポロン誕生の地として名高い。17.67, 70; XXI.4

トゥリオイ Thurioi　南イタリアの町。5.72

トラキス Trachis　南テッサリアのオイタ山麓の町。ヘラクレスが自分を生きたまま焼かせた地。24.83

トリオプス Triops　小アジアのクニドス半島の丘陵の名祖。17.68

トリナクリア Trinakria　シチリアの古名。「三つの角」という意味。28.18

トロイア Troia　小アジアの町。トロイア王家の祖トロスの息子イロスが町を建てたことにちなんでイリオンと呼ばれる。10年の戦いの後、ギリシア人に滅ぼされた。15.61, 140

ドラカノン Drakanon　イカロス島の山。またはトラキアのケルソネソス西方の島。26.33

ドリス人 Dorieis　ギリシア民族のひとつ。スパルタ、アルゴリス、コリントス、メガラ、アイギナ島、シチリア島、コス島に勢力をもつ。2.156; 15.93; 17.69; 18.48; 24.138

ナ　行

ナイス Nais　牧人詩人ダプニスが恋するニンフ。8.43, 93

ニキアス Nikias　テオクリトスの友人。医者で詩人。11.1; 13.2; 28.7, 9; VIII.2, 3

ニサイア Nisaia　ペロポネソス半島メガラ地方の港町。12.27

ニュケイア Nycheia　ヘラクレスの愛する少年ヒュラスを泉に引き込んだニンフの一人。13.45

ネアイトス Neaithos　南イタリアのクロトンの川。4.24

ネイレウス Neileus　小アジア西南の町

ミレトスの創建者。*28.3*
ネクタル Nektar　神々の飲み物。*17.30*　とりわけ美味な酒。*7.151.153*　甘美な詩歌の比喩。*7.82*
ネメア Nemea　ペロポネソス半島北部アルゴリスの北方地域。ゼウス神殿がある。ここを荒らした獅子をヘラクレスが退治する。*25.169, 182, 280*
ノマイエ Nomaie　牧人ダプニスの母。*27.42*

ハ　行

ハイモス Haimos　バルカン半島トラキアの山地。*7.76*
ハデス Hades　黄泉の国。*1.63, 103, 130; 2.34, 169; 4.26; 15.86; 16.30, 53; 25.271*; VI.3; XVI.1
ハルパリュコス Harpalykos　ヘルメスの息子でヘラクレスに拳闘やレスリングなど格闘技を教える。*24.115*
ハレイス Haleis　(1) 南イタリアの川。*5.123*　(2) コス島の川または地域の名。*7.1*
バッコス Bacchos　ディオニュソスの別名。ゼウスとセメレの息子。ブドウ酒の神とされ、信女を率いて、ときには狂乱の行為にはしらせる。*26.14*; XVIII.4
バットス Battos　牧人の名。*4.41, 56*
パエトン Phaethon　アウゲイアスの格別立派な牛。ヘラクレスを襲うが押さえつけられる。*25.139*
パシス Phasis　アルゴ船の目的地コルキスの川。*13.24, 75*
パトロクレス Patrokles　トロイア戦争の戦士。アキレウスの親友。トロイアの総大将ヘクトルに倒される。*15.140*
パノペウス Panopeus　ボイオティアのポキス地方の町。*24.115*
パピア Paphia　キュプロスの町。アプロディテ崇拝の地。女神がパピアと呼ばれることもある。*27.15, 16, 56*
パラロス Phalaros　牡羊の名。*5.103*
パリス Paris　トロイア王プリアモスの息子。ヘレネを誘惑して連れ帰り、トロイア戦争を引き起こす。国を亡ぼすとの予言ゆえ赤子のときイダ山中に捨てられ、牧人として育つ。*27.1*
パルナッソス Parnassos　デルポイの山。アポロンとムーサイの神域。*7.148*
パロス Paros　キュクラデス諸島の島のひとつ。とくに白い大理石を産出することで名高い。*6.38*
パーン Pan　牧神。ヘルメスの息子。姿は半人半山羊で牧畜の守護神。ニンフのシュリンクスに恋して彼女が変身した葦の茎から葦笛（シュリンクス）を創ったという。*1.3, 16, 123; 4.47, 63; 5.14, 58, 141; 6.21; 7.103, 106; 27.21, 36, 51*; II.2; III.3
パンピュリア Pamphylia　小アジア南岸地域。*17.88*
ヒエロン（二世）Hieron　シュラクサイの僭主。在位前275頃－215年。*16.80, 98, 103*
ヒッパロス Hippalos　双子神とは別人のカストルの父とされるが、不明の神話的人物。*24.129*
ヒッポキオン Hippokion　地主。*10.16*
ヒッポナクス Hipponax　前6世紀エペソス出身の揶揄詩作家。XIX.1
ヒッポメネス Hippomenes　アプロディテの助けを借りて、黄金のリンゴを用いて、アタランタを娶ることに成功した求愛者。*3.40*
ヒメラ Himera　泉の名。不詳。*5.124*
ヒメラス Himeras　シチリアの川。*7.75*
ヒュエティス Hyetis　ミレトスのアプロディテ神域の泉。*7.115*
ヒュメナイオス Hymenaios　婚姻の神。*18.58*
ヒュラス Hylas　ヘラクレスに愛された少年。泉のニンフたちに水の中に引き込まれ姿を消す。*13.7, 21, 36, 39, 58, 72*
ビアス Bias　メランプスの兄。ペロを妻にしてアルペシボイアの父となった。*3.45*
ビュブリス Byblis　ミレトスのアプロディテ神域の泉。兄への悲恋に悩んだ乙

女が変身したものと伝えられる。*7.115*

ピエリア Pieria　オリュンポスの北マケドニアの地域。詩女神の好む場所ゆえ「ピエリアの女神」はムーサのこと。*10.24; 11.6*

ピサ Pisa　オリュンピアの近くアルペイオス河畔の町。*4.29*

ピュクサ Pyxa　コス島の地名。*7.130*

ピュレウス Phyleus　アウゲイアス王の息子。ヘラクレスに味方して父に追放されたと伝えられる。*25.56, 150, 153, 189*

ピュロス Pylos　ペロポネソス半島西岸メッセニア地域の町。*3.43*

ピュロス Pyrrhos　(1) エリュトライまたはレスボス出身の歌人。*4.31*　(2) アキレウスの息子ネオプトレモスのこと。*15.140*

ピラモン Philammon　アポロンの息子で音楽家。ヘラクレスの詩の教師エウモルポスの父とされるのはテオクリトスのこの箇所のみ。*24.110*

ピリスタ Philista　笛吹き女。*2.147*

ピリノス Philinos　(1) 第 2 歌の女主人公シマイタの恋人デルピスの友人。コス島の高名な走者に同名の人物がいる。*2.115*　(2) アラトスの恋する少年。*7.105, 118, 121*

ピリンナ Philinna　テオクリトスの母とされるが、この箇所以外資料なし。XXVII.3

ピレタス（ピリタス）Philetas (Philitas)　前300年頃のコス島の学者詩人。プトレマイオス二世の養育係。*7.41*

ピロイティオス Philoitios　オデュッセウスの牛飼。*16.55*

ピロンダス Philondas　(1) 家畜の所有者。*4.1*　(2) 荘園所有者。*5.114*

ピンドス Pindos　北ギリシアの山脈。*1.67*

フェニキア人 Phoinikes　第16歌では地中海の交易権を争い、シュラクサイを攻めるカルタゴ人。*16.76*

ブカイオス Bukaios　恋に悩む農夫。*10.1, 38, 57*

ブプラシオン Buprasion　エリス地方の町。*25.11*

ブラシラス Brasilas　人名。不詳。*7.11*

ブリナ Burina　コス島のコス市南西にある泉。*7.6*

ブレミュエス Blemyes　エチオピアの遊牧民。*7.114*

プテレア Ptelea　コス島の地名か。*7.65*

プテレラオス Pterelaos　タポス島の王。アンピトリュオンに攻められ、彼に恋した娘の裏切りによって倒される。その楯がヘラクレス兄弟の揺りかごとなる。*24.4*

プトレマイオス（一世）・ソテル Ptolemaios Soter　前367頃－283年（在位前305年頃から）。救世王（ソテル）と呼ばれる。アレクサンドロス大王の将軍の一人。エジプトのアレクサンドリア市の建設整備。ベレニケを妻としてプトレマイオス二世の父。アレクサンドロス大王とともにヘラクレスの子孫とされる。*17.13, 26, 57*

プトレマイオス（二世）・ピラデルポス Ptolemaios Philadelphos　前308－246年（在位前283年から）。アレクサンドリアに大図書館を建設し、文芸の中心地として繁栄させた。カリマコスやテオクリトスなど多くの詩人の後援者。姉アルシノエと結婚。*14.59; 15.22, 46; 17.3, 7, 85, 103, 115, 121, 135*

プラクサゴラス Praxagoras　テオクリトスの父とされるが不詳。XXVII.3

プラクシテレス Praxiteles　前 4 世紀の有名なアテナイの彫刻家。*5.105*

プラクシノア Praxinoa　アレクサンドリアに住むシュラクサイ出身の女性。プトレマイオス王の宮殿にアドニス祭を見物に行く。*15.1, 4, 34, 56, 65, 78, 96, 145*

プラシダモス Phrasidamos　コス島の貴族。収穫祭を催し、第 7 歌の語り手シミキダスを招く。*7.3, 132*

プリアポス Priapos　豊穣神で果樹園や田畑の守護神。*1.21, 81*; III.3; IV.13

プリアモス Priamos　トロイア王。ヘクトル、パリスをはじめ50人ともいわれ

る息子の父。*17.119; 22.219*
プリュギア Phrygia　アレクサンドリアの女性プラクシノアの召使い女。*15.42*
プリュギア Phrygia　小アジアのトロイアを中心とする地域。*20.35*
プルトス Plutos　地底の神。黄泉の王ハデスと同一視されるがこの名で呼ばれるときは富の神の側面が強調される。*10.19*
プロテウス Proteus　海の神。アザラシの守り手。*8.52*
プロポンティス Propontis　マルマラ海。*13.30*
ヘカタ Hekata　ヘカテ。ティタン神族ペルセスとアステリアの娘。天上では月の女神セレネ、地上ではアルテミス、地下では魔法の女神ヘカテと三態三様をとる。*2.12, 14*
ヘカバ Hekaba　ヘカベ。トロイア王プリアモスの妻。ヘクトルやパリスの母。*15.139*
ヘクトル Hektor　トロイア軍の総大将。*15.139*
ヘパイストス Hephaistos　ゼウスとヘラの息子。火と鍛冶の神。*2.134*
ヘブロス Hebros　現マリツァ川。ブルガリアから北に流れる。*7.112*
ヘベ Hebe　ゼウスとヘラの娘で青春の女神。天上におけるヘラクレスの妻。*17.33*
ヘラ Hera　ゼウスの姉で妻。幼いヘラクレスに毒蛇をけしかける。*4.22; 15.64; 17.134; 24.13*
ヘラクレス Herakles　アルクメネとゼウスの息子。幼児期に毒蛇を絞め殺し、長じてネメアの獅子退治や牛舎掃除など「十二の難行」を達成した。アレクサンドロス大王とプトレマイオス（一世）の共通の先祖とされる。*2.121; 4.8; 7.150; 13.37, 64, 69, 73; 17.20, 27; 24.1, 16, 26, 54, 62, 103; 25.71, 103, 110, 143, 153, 191*
ヘリオス Helios　太陽神。アウゲイアスの父。*25.54, 118, 130*
ヘリケ Helike
ヘリケの山地。アルカディアの山地リュカイオン山脈のことか。*1.125*
ヘリケの町。アカイアの海岸町。前373年地震で破壊された。*25.165, 179*
ヘリコン Helikon　ボイオティアの聖山。アポロンとムーサイの神域。*25.210;* I.2
ヘリソン Helison　エリス地方の川。*25.9*
ヘルメス Hermes　ゼウスとマイアの息子。（ダプニスの父）*1.77*　（ハルパリュコスの父）*24.116*　（旅人の守り神）*25.4*
ヘレスポントス Hellesponthos　現在のダーダネルズ海峡。*13.29*
ヘレナ（ヘレネ）Helena（Helene）　ヘレネのドリス方言がヘレナ。スパルタ王妃レダとゼウスの娘で双子神の妹。メネラオスの妻だが、パリスとともにトロイアに出奔してトロイア戦争の原因をつくった美女。実は貞淑でエジプトで夫を待っていたという異伝がある。*15.110; 18.6, 25, 28, 31, 37, 41, 48; 22.216; 27.1, 2*
ベブリュケス Bebrykes　トラキアのビテュニア地方の民族。*22.29, 76, 91, 109, 112*
ベレニカ Berenika　ベレニケ。プトレマイオス一世の妃でアルシノエとプトレマイオス二世の母。死後、神格化されアプロディテとともに祀られた。*15.107, 110; 17.34, 46, 56*
ベレロポン Bellerophon　コリントス市の創建者シシュポスの孫で、グラウコスの息子。天馬ペガソスに乗って怪物キマイラを退治した英雄。*15.92*
ベンビナ Bembina　ネメア近辺の地。*25.202*
ペイサンドロス Peisandros　前6世紀ロドス島出身の詩人。XXII.1
ペネイオス Peneios　テッサリアからテンペ渓谷を流れる川。*1.67*
ペリステレ Peristere　二人の幼子を亡くした母親。XVI.5
ペリメデス Perimedes　アウゲイアスの娘で魔女のアガメデのことと思われる。

2.16

ペルセウス Perseus　ゼウスとダナエの息子。ヘラクレスの母アルクメネの祖父。*24.73; 25.173*

ペルセポネ Persephone　豊穣女神デメテルの娘。冥王ハデスに略奪され地底の女王となる。*15.94; 16.82, 83*

ペレウス Peleus　海の女神テティスの夫でアキレウスの父。*17.56*

ペロプス Pelops　ペロポネソス半島の名祖。タンタロスの息子でアガメムノンとメネラオスの祖父にあたる。*8.53; 15.142*

ペンテウス Pentheus　テーバイ王カドモスの孫。ディオニュソスの怒りをかい、狂乱した信女の母や叔母たちに引き裂かれる。*26.10, 16, 18, 26*

ホーライ Horai　ゼウスの娘で季節の女神たち。春と花と果実をもたらすとされ、植物神でもあるアドニスを連れてくる。*1.150; 15.102, 104*

ホメロス Homeros　『イリアス』『オデュッセイア』の作者と伝えられる大叙事詩人。*16.20*

ホモレ Homole　ギリシア北部のオッサ山地の山、町、または平原。*7.103*

ボンビュカ Bombyka　笛吹き女。農夫ブカイオスに慕われる。*10.26, 36*

ポイボス Phoibos　アポロンの添え名。*7.100; 17.66*

ポセイドン Poseidon　海神。ゼウスの兄。*21.54; 22.97, 133*

ポリュデウケス Polydeukes　双子神の一人。拳闘を得意とし、巨魁アミュコスを倒す。*22.2, 25, 26, 34, 53, 85, 92, 110, 113, 119, 132, 173*

ポリュペモス Polyphemos　一眼巨人の一人でポセイドンの息子。海のニンフ、ガラテイアに片恋して悩む。のちオデュッセウスが訪れたとき彼の部下を喰らい、眼をつぶされる。*6.6, 19; 11.8, 80*

ポリュボタス Polybotas　農夫。*10.15*

ポロス Pholos　半人半馬ケンタウロスの一人。ヘラクレスに酒を供した。*7.149*

ポロネウス Phoroneus　ペロポネソス半島アルゴスの王。*25.200*

マ　行

マイナロン Mainalon　ペロポネソス半島南部アルカディア東部の山地。*1.124*

マリス Malis　ヘラクレスの愛する少年ヒュラスを水に引き入れた3人の泉のニンフの一人。*13.45*

ミコン Mikon　ブドウ園の所有者。*5.113*

ミデア Midea　ペロポネソス半島アルゴス地方の町。ヘラクレスの母アルクメネの出身地。*13.20; 24.2*

ミニュアイ Minyai　アイオリス系の民族。テッサリアからボイオティア地方に移住しオルコメノスの町を中心に栄えた。*16.105*

ミュケナイ Mykenai　ペロポネソス半島アルゴス地方の名高い町。*25.172*

ミュティレネ Mytilene　レスボス島の町。*7.52, 61*

ミュルト Myrto　第7歌の語り手シミキダスが恋する女性。*7.97*

ミュンドス Myndos　小アジア西南の海岸地域カリアの町。ハリカルナッソスの西。*2.29, 96*

ミレトス Miletos　小アジア西南海岸地域カリアの町。羊毛の名産地。*15.126; 28.21*; VIII.1

ミロン Milon　(1) 前6世紀の高名な運動選手とは別人だが、オリュンピア競技に関わっている男。*4.6, 11*　(2) 牧人に慕われる美少年。*8.47, 51*　(3) 恋に悩む農夫。*10.7, 12*

ムーサ Musa (複数ムーサイ Musai)　ゼウスとムネモシュネの娘の詩女神。通常9人で詩人の守護神。テオクリトスにおいては、優雅の女神 (カリス) や泉のニンフと呼ばれることがある。*1.20, 64, 70, 73, 79, 84, 89, 94, 99, 104, 108, 111, 114, 119, 122, 127, 131, 137, 141, 142, 144; 5.80; 7.11, 27, 47, 95, 129; 9.32, 35; 10, 24; 11.*

3; 14.61; 16.29, 58; 17.2, 115; 22.221; X.4; XXVI.1; XXVII, 4
メガラ Megara　アテナイ西方の町。12.27; 14.49
メッセネ Messene　ペロポネソス半島南西部の地域と町の名。22.158, 207
メデイア Medeia　太陽神の孫娘で薬草を使う魔女。黒海沿岸コルキス王アイエテスの娘。アルゴ船隊長のイアソンに恋して祖国を捨てる。2.16
メデイオス Medeios　乳母の墓碑を建てた少年。XX.1
メナルカス Menalkas　(1) 牧人。歌の名手。8.1, 4, 9, 30, 32, 33, 49, 62; 9.2, 6　(2) 羊飼女アクロティメの父。27.44
メニオス Menios　ペロポネソス半島北部エリスの川。25.15
メネラオス Menelaos　ミュケナイ王アトレウスの息子でアガメムノンの弟。ヘレネの夫でスパルタ王となる。18.1, 15; 22.217
メランティオス Melantios　オデュッセウスの山羊飼。不忠ゆえ去勢される。5.150
メランプス Melampus　名高い予言者。兄ビアスの結婚のため南テッサリアからペロポネソス半島南部まで牛を連れてくる。3.43
メリクソ Melixo　笛吹き女ピリスタの姉妹。2.148
メルムノン Mermnon　男名。3.35
モイラ Moira　運命の女神。1.140; 2.160; 24.70
モルソン Morson　第5歌で歌合戦の審判をする木こり。5.65, 68, 70, 120, 122, 139

ラ　行

ラエルテス Laertes　オデュッセウスの父。16.56
ラオコサ Laokosa　双子神に殺される兄弟イダスとリュンケウスの母。アパレウスの妻。22.205
ラカイナ Lakaina　ラコニアのドリス方言。スパルタのこと。18.4
ラキニア Lakinia　イタリア南部クロトンの東南にある山地。4.33
ラケダイモニア Lakedaimonia　ペロポネソス半島南部のスパルタ地域。18.3, 31; 22.5
ラコン Lakon　羊飼。第5歌の歌合戦の敗者。5.2, 9, 14, 86, 136, 143
ラゴス Lagos　プトレマイオス一世の父。17.13
ラテュムノン Latymnon　南イタリアのクロトン近辺の山らしい。4.19
ラトモス Latmos　小アジアの西南海岸カリアの山。月の女神セレネの恋人エンデュミオンが眠ると伝えられる。20.38
ラバス Labas　第14歌の主人公の恋敵リュコスの父。14.24
ラピタイ Lapithai　テッサリアの民族。半人半馬のケンタウロスとの戦いで有名。15.141
ラリサ Larisa　テッサリアの町。14.30
ランプリアダス Lampriadas　クロトンの伝説的英雄らしいが不詳。この名にちなむ村落がクロトンにある。4.21
ランプロス Lampuros　犬の名。8.65
リテュエルセス Lituerses　プリュギアの王ミダスの庶子。彼の名を冠した農業作業歌が残る。10.41
リノス Linos　アポロンの息子でヘラクレスの教師。24.106
リュカイオン Lykaion　ペロポネソス半島南部アルカディアの山地。1.123
リュカオン Lykaon　アルカディアの名祖アルカスの母ヘリケ（カリスト）の父。1.126
リュキア Lykia　小アジアの西南地域。16.48
リュキダス Lykidas　(1) 牧人詩人。第7歌の語り手シミキダスと意気投合して歌合戦に興じる。7.13, 27, 55, 91　(2) 牧人ダプニスの父。27.42
リュコス Lykos　第14歌の主人公の恋敵。「狼」という意味。14.24, 47
リュコパス Lykopas　牛飼。5.62
リュコペ Lykope　アイトリアの町、ま

たはコス島の地名か。*7.72*

リュコペウス Lykopeus　コス島の貴族。*7.4*

リュコン Lykon　人名。不詳。*2.76; 5.8*

リュシメレイア湖 Lysimeleia　シュラクサイの近くの湖。*16.84*

リュディア Lydia　小アジア西部。海岸沿いのギリシア植民地イオニア地方より東の地域。*12.36*

リュンケウス Lynkeus　双子神のいとこ。婚約者をめぐって戦い倒れる。「鋭い目」という意味。*22.139, 144, 175, 183, 193, 194, 198, 203*

レア Rhea　ゼウスとヘラの母女神。小アジアの大地女神キュベレと同一視されることがある。美少年アッティスを恋したとされる。*20.40*

レウキッポス Leukippos　双子神の叔父。娘二人を別の二人の甥と婚約させたが、前言をひるがえして双子神に与えたことから、いとこ同士の争いとなる。*22.137, 147*

レダ Leda　スパルタ王妃。ゼウスによりヘレネと双子神の母。*22.1, 214*

レト Leto　アポロンとアルテミスの母女神。*18.50*

レナイア Rhenaia　デロス島近くの小島。*17.70*

ロドペ Rhodope　バルカン半島の山地。*7.77*